图书在版编目（CIP）数据

像孩子一样笨拙而自由 / 丰子恺著 . -- 长沙：湖南人民出版社，2018.3

ISBN 978-7-5561-1830-4

Ⅰ . ①像… Ⅱ . ①丰… Ⅲ . ①散文集－中国－当代Ⅳ . ① I267

中国版本图书馆 CIP 数据核字 (2017) 第 273479 号

出　　品：阅享
监　　制：杨沐涵　黄博文
产品经理：李　凯
责任编辑：姚晶晶
设计指导：@Teaya
封面设计：Platinum Design

XIANG HAIZI YIYANG BENZHUO ER ZIYOU
像孩子一样笨拙而自由
丰子恺　著

出版发行：湖南人民出版社
网　　址：www.hnppp.com
地　　址：长沙市营盘路东路 3 号
邮　　编：410005
印　　刷：湖南天闻新华印务有限公司
经　　销：湖南省新华书店
开　　本：880 毫米 ×1230 毫米　1/32
版　　次：2018 年 3 月第 1 版　2018 年 3 月第 1 次印刷
字　　数：150 千字
印　　张：8
书　　号：ISBN 978-7-5561-1830-4
定　　价：56.00 元

换一个姿势看世界，调一个角度生活，

发现事物本质以及世间被忽视的美好。

目录

第一章

初心

我今晚受了这孩子的启示了：他能撤去世间事物的因果关系的网，看见事物的本身的真相。他是创造者，能赋给生命于一切的事物。他们是“艺术”的国土的主人。

第二章

闲话

凡有嗜好的人，因为主观的感情作用，往往认为这嗜好是最合理的，最有意义的，是人人应该有的，不是我一人的偏好。于是就不认为这是一种癖好。

第三章

随感

我往往觉得山水间的生活，因为需要不便而菜根更香，豆腐更肥。因为寂寥而邻人更亲。

第四章

世相

我们看到了这种苦况而发生同情的时候，最感触目伤心的不是穷的大人的苦，而是穷的小孩的苦；大人的苦自己知道，同情者只要分担其半；小孩的苦则自己不知道，全部要归同情者担负。

第五章

故人

有时我屏绝思虑，注视着她那天真烂漫的脸，心情就会迅速地退回到六十多年前的儿时，尝到人生的本来滋味。

第六章

文艺

我看见世间的大人都为生活的琐屑事件所迷着，都忘记人生的根本；只有孩子们保住天真，独具慧眼，其言行多足供我欣赏者。

第一章

初心

我今晚受了这孩子的启示了：他能撤去世间事物的因果关系的网，看见事物的本身的真相。他是创造者，能赋给生命于一切的事物。他们是『艺术』的国土的主人。

华瞻的日记

一

隔壁二十三号里的郑德菱，这人真好！今天妈妈抱我到门口，我看见她在水门汀上骑竹马。她对我一笑，我分明看出这一笑是叫我去一同骑竹马的意思。我立刻还她一笑，表示我极愿意，就从母亲怀里走下来，和她一同骑竹马了。两人同骑一枝竹马，我想转弯了，她也同意；我想走远一点，她也欢喜；她说让马儿吃点草，我也高兴；她说把马儿系在冬青上，我也觉得有理。我们真是同志和朋友！兴味正好的时候，妈妈出来拉住我的手，叫我去吃饭。我说："不高兴。"妈妈说："郑德菱也要去吃饭了！"果然郑德菱的哥哥叫着"德菱"，也走出来拉住郑德菱的手去了。我只得跟了妈妈进去。当我们将走进各自的门口的时候，她回头向我一看，我也回头向她一看，各自进去，不见了。

我实在无心吃饭。我晓得她一定也无心吃饭。不然，何以分别的时候她不对我笑，而且脸上很不高兴呢？我同她在一块，真是说不出的有趣。吃饭何必急？即使要吃，尽可在空的时候吃。其实照我想来，像我们这样的同志，天天在一块吃饭，在一块睡觉，多好呢！何必分作两家？即使要分作两家，反正爸爸同郑德菱的爸爸很要好，妈妈也同郑德菱的妈妈常常谈笑，尽可你们大人作一块，我们小孩子作一块，不更好吗？

这"家"的分配法，不知是谁定的，真是无理之极了。想来总是大人们弄出来的。大人们的无理，近来我常常感到，不止这一端。那一天爸爸同我到先施公司去，我看见地上放着许多小汽车、小脚踏车，这分明是我们小孩子用的；但是爸爸一定不肯给我拿一部回家，让它许多空摆在那里。回来的时候，我看见许多汽车停在路旁；我要坐，爸爸一定不给我坐，让它们空停在路旁。又有一次，娘姨抱我到街里去，一个掮着许多小花篮的老太婆，口中吹着笛子，手里拿着一只小花篮，向我看，把手中的花篮递给我；然而娘姨一定不要，急忙抱我走开去。这种小花篮，原是小孩子玩的，况且那老太婆明明表示愿意给我，娘姨何以一定叫我不要接呢？娘姨也无理，这大概是爸爸教她的。

我最欢喜郑德菱。她同我站在地上一样高，走路也一样快，心情志趣都完全投合。宝姐姐或郑德菱的哥哥，有些不近情的态度，我看他们不懂。大概是他们身体长大，稍近于大人，所以心情也稍像大人的无理了。宝姐姐常常要说我“痴”。我对爸爸说，要天不下雨，好让郑德菱出来，宝姐姐就用指点着我，说：“瞻瞻痴！”怎么叫“痴”？你每天不来同我玩耍，夹了书包到学校里去，难道不是“痴”吗？爸爸整天坐在桌子前，在文章格子上一格一格地填字，难道不是“痴”吗？天下雨，不能出去玩，不是讨厌的吗？我要天不要下雨，正是近情合理的要求。我每天晚上听见你要爸爸开电灯，爸爸给你开了，满房间就明亮；现在我也要爸爸叫天不下雨，爸爸给我做了，晴天岂不也爽快呢？你何以说我“痴”？郑德菱的哥哥虽然没有说我什么，然而我总讨厌他。我们玩耍的时候，他常常板起脸，来拉郑德菱，说：“赤了脚到人家家里，不怕难为情！”又说：“吃人家的面包，不怕难为情！”立刻拉了她去。“难为情”是大人们惯说的话，大人们常常不怕厌气，端坐在椅子里，点头，弯腰，说什么“请，请”，“对不起”，“难为情”一类的无聊的话。他们都有点像大人了！

啊！我很少知己！我很寂寞！母亲常常说我“会哭”，我哪得不哭呢？

二

今天我看见一种奇怪的现状：

吃过糖粥，妈妈抱我走到吃饭间里的时候，我看见爸爸身上披一块大白布，垂头丧气地朝外坐在椅子上，一个穿黑长衫的麻脸的陌生人，拿一把闪亮的小刀，竟在爸爸后头颈里用劲地割。啊哟！这是何等奇怪的现状！大人们的所为，真是越看越稀奇了！爸爸何以甘心被这麻脸的陌生人割呢？痛不痛呢？

更可怪的，妈妈抱我走到吃饭间里的时候，她明明也看见这爸爸被割的骇人的现状。然而她竟毫不介意，同没有看见一样。宝姐姐夹了书包从天井里走进来，我想她见了一定要哭。谁知她只叫一声“爸爸”，向那可怕的麻子一看，就全不经意地到房间里去挂书包了。前天爸爸自己把手指割开了，他不是大叫“妈妈”，立刻去拿棉花和纱布来吗？今天这可怕的麻子咬紧了牙齿割爸爸的头，何以妈妈和宝姐姐都不管呢？我真不解了。可恶的，是那麻子。他耳朵上还夹着一支香烟，同爸爸夹铅笔一样。他一定是没有铅笔的人，一定是坏人。

后来爸爸挺起眼睛叫我：“华瞻，你也来剃头，好否？”

爸爸叫过之后，那麻子就抬起头来，向我一看，露出一颗闪亮的金牙齿来。我不懂爸爸的话是什么意思，我真怕极了。我忍不住抱住妈妈的项颈而哭了。这时候妈妈、爸爸和那个麻子说了许多话，我都听不清楚，又不懂。只听见“剃头”“剃头”，不知是什么意思。我哭了，妈妈就抱我由天井里走出门外。走到门边的时候，我偷眼向里边一望，从窗缝窥见那麻子又咬紧牙齿，在割爸爸的耳朵了。

门外有学生在抛球，有兵在体操，有火车开过。妈妈叫我不要哭，叫我看火车。我悬念着门内的怪事，没心情去看风景，只是凭在妈妈的肩上。

郎騎竹馬来
子愷畫

我恨那麻子，这一定不是好人。我想对妈妈说，拿棒去打他。然而我终于不说。因为据我的经验，大人们的意见往往与我相左。他们往往不讲道理，硬要我吃最不好吃的“药”，硬要我做最难当的“洗脸”，或坚不许我弄最有趣的水、最好看的火。今天的怪事，他们对之都漠然，意见一定又是与我相左的。我若提议去打，一定不被赞成。横竖拗不过他们，算了吧。我只有哭！最可怪的，平常同情于我的弄水弄火的宝姐姐，今天也跳出门来笑我，跟了妈妈说我“痴子”。我只有独自哭！有谁同情于我的哭呢？

到妈妈抱了我回来的时候，我才仰起头，预备再看一看，这怪事怎么样了？那可恶的麻子还在否？谁知一跨进墙门槛，就听见“拍，拍”的声音。走进吃饭间，我看见那麻子正用拳头打爸爸的背。“拍，拍”的声音，正是打的声音。可见他一定是用力打的，爸爸一定很痛。然而爸爸何以任他打呢？妈妈何以又不管呢？我又哭。妈妈急急地抱我到房间里，对娘姨讲些话，两人都笑起来，都对我讲了许多话。然而我还听见隔壁打人的“拍，拍”的声音，无心去听她们的话。

爸爸不是说过“打人是最不好的事”么？那一天软软不肯给我香烟牌子，我打了她一掌，爸爸曾经骂我，说我不好；还有那一天我打碎了寒暑表，妈妈打了我一下屁股，爸爸立刻抱我，对妈妈说“打不行。”何以今天那麻子在打爸爸，大家不管呢？我继续哭，我在妈妈的怀里睡去了。

我醒来，看见爸爸坐在披雅娜（钢琴）旁边，似乎无伤，耳朵也没有割去，不过头很光白，像和尚了。我见了爸爸，立刻想起了睡前的怪事，然而他们——爸爸、妈妈等——仍是毫不介意，绝不谈起。我一回想，心中非常恐怖又疑惑。明明是爸爸被割项颈，割耳朵，又被用拳头打，大家却置之不问，任我一个人恐怖又疑惑。唉！有谁同情于我的恐怖？有谁为我解释这疑惑呢？

一九二七年初夏

忆儿时

一

我回忆儿时，有三件不能忘却的事。

第一件是养蚕。那是我五六岁时、我祖母在日的事。我祖母是一个豪爽而善于享乐的人，良辰佳节不肯轻轻放过。养蚕也每年大规模地举行。其实，我长大后才晓得，祖母的养蚕并非专为图利，叶贵的年头常要蚀本，然而她喜欢这暮春的点缀，故每年大规模地举行。我所喜欢的，最初是蚕落地铺。那时我们的三开间的厅上、地上统是蚕，架着经纬的跳板，以便通行及饲叶。蒋五伯挑了担到地里去采叶，我与诸姐跟了去，去吃桑葚。蚕落地铺的时候，桑葚已很紫而甜了，比杨梅好吃得多。我们吃饱之后，又用一张大叶做一只碗，采了一碗桑葚，跟了蒋五伯回来。蒋五伯饲蚕，我就以走跳板为戏乐，常常失足翻落地铺里，压死许多蚕宝宝，祖母忙喊蒋五伯抱我起来，不许我再走。然而这满屋的跳板，像棋盘街一样，又很低，走起来一点也不怕，真是有趣。这真是一年一度的难得的乐事！所以虽然祖母禁止，我总是每天要去走。

蚕上山之后，全家静默守护，那时不许小孩子们吵了，我暂时感到沉闷。然而过了几天，采茧，做丝，热闹的空气又浓起来了。我们每年照例请牛桥头七娘娘来做丝。蒋五伯每天买枇杷和软糕来给采茧、做丝、烧火的人吃。大家认为现在是辛苦而有希望的时候，应该享受这点心，都不客气地取食。我也无功受禄地天天吃多量的枇杷与软糕，这又是乐事。

七娘娘做丝休息的时候，捧了水烟筒，伸出她左手上的短少半段的小指给我看，对我说：做丝的时候，丝车后面，是万万不可走近去的。她的小指，便是小时候不留心被丝车轴棒轧脱的。她又说："小囡囡不可走近丝车后面去，只管坐在我身旁，吃枇杷，吃软糕。还有做丝做出来的蚕蛹，叫妈妈油炒一炒，真好吃哩！"然而我始终不要吃蚕蛹，大概是我爸爸和诸姐都不要吃的原故。我所乐的，只是那时候家里的非常的空气。日常固定不动的堂窗、长台、八仙椅子，都收拾去，而变成不常见的丝车、匾、缸。又不断地公然地可以吃小食。

丝做好后，蒋五伯口中唱着"要吃枇杷，来年蚕罢"，收拾丝车，恢复一切陈设。我感到一种兴尽的寂寥。然而对于这种变换，倒也觉得新奇而有趣。

现在我回忆这儿时的事，常常使我神往！祖母、蒋五伯、七娘娘和诸姐都像童话里、戏剧里的人物了。且在我看来，他们当时这剧的主人公便是我。何等甜美的回忆！只是这剧的题材，现在我仔细想想觉得不好：养蚕做丝，在生计上原是幸福的，然其本身是数万的生灵的杀虐！《西青散记》里面有两句仙人的诗句："自织藕丝衫子嫩，可怜辛苦赦春蚕。"安得人间也发明织藕丝的丝车，而尽赦天下的春蚕的性命！

我七岁上祖母死了[①]，我家不复养蚕。不久父亲与诸姐弟相继死亡，家道衰落了，我的幸福的儿时也过去了。因此这回忆一面使我永远神往，一面又使我永远忏悔。

二

第二件不能忘却的事，是父亲的中秋赏月，而赏月之乐的中心，在于吃蟹。

我的父亲中了举人之后，科举就废，他无事在家，每天吃酒，看书。他不要吃羊、牛、猪肉，而喜欢吃鱼、虾之类。而对于蟹，尤其喜欢。自七八月起直到冬天，父亲平日的晚酌规定吃一只蟹，一碗隔壁豆腐店里

---

① 作者祖母卒于1902年12月，当时作者五岁。

买来的开锅热豆腐干。他的晚酌，时间总在黄昏。八仙桌上一盏洋油灯，一把紫砂酒壶，一只盛热豆腐干的碎瓷盖碗，一把水烟筒，一本书，桌子角上一只端坐的老猫，我脑中这印象非常深刻，到现在还可以清楚地浮现出来。我在旁边看，有时他给我一只蟹脚或半块豆腐干。然我喜欢蟹脚。蟹的味道真好，我们五个姊妹兄弟，都喜欢吃，也是为了父亲喜欢吃的缘故。只有母亲与我们相反，喜欢吃肉，而不喜欢又不会吃蟹，吃的时候常常被蟹螯上的刺刺开手指，出血；而且抉剔得很不干净，父亲常常说她是外行。父亲说：吃蟹是风雅的事，吃法也要内行才懂得。先折蟹脚，后开蟹斗……脚上的拳头（即关节）里的肉怎样可以吃干净，脐里的肉怎样可以剔出……脚爪可以当作剔肉的针……蟹螯上的骨头可以拼成一只很好看的蝴蝶……父亲吃蟹真是内行，吃得非常干净。所以陈妈妈说："老爷吃下来的蟹壳，真是蟹壳。"

蟹的储藏所，就在天井角落里的缸里，经常总养着十来只。到了七夕、七月半、中秋、重阳等节候上，缸里的蟹就满了，那时我们都有得吃，而且每人得吃一大只，或一只半。尤其是中秋一天，兴致更浓。在深黄昏，移桌子到隔壁的白场[①]上的月光下面去吃。更深人静，明月底下只有我们一家的人，恰好围成一桌，此外只有一个供差使的红英坐在旁边。大家谈笑，看月亮，他们——父亲和诸姐——直到月落时光，我则半途睡去，与父亲和诸姐不分而散。

① 白场，作者家乡话，意即场地。

種瓜得瓜
子愷

这原是为了父亲嗜蟹，以吃蟹为中心而举行的。故这种夜宴，不仅限于中秋，有蟹的节季里的月夜，无端也要举行数次。不过不是良辰佳节，我们少吃一点，有时两人分吃一只。我们都学父亲，剥得很精细，剥出来的肉不是立刻吃的，都积受在蟹斗里，剥完之后，放一点姜醋，拌一拌，就作为下饭的菜，此外没有别的菜了。因为父亲吃菜是很省的，而且他说蟹是至味，吃蟹时混吃别的菜肴，是乏味的。我们也学他，半蟹斗的蟹肉，过两碗饭还有余，就可得父亲的称赞，又可以白口吃下余多的蟹肉，所以大家都勉力节省。现在回想那时候，半条蟹腿肉要过两大口饭，这滋味真好！自父亲死了以后，我不曾再尝这种好滋味。现在，我已经自己做父亲，况且已经茹素，当然永远不会再尝这滋味了。唉！儿时欢乐，何等使我神往！

然而这一剧的题材，仍是生灵的杀虐！因此这回忆一面使我永远神往，一面又使我永远忏悔。

三

第三件不能忘却的事，是与隔壁豆腐店里的王囡囡的交游，而这交游的中心，在于钓鱼。

那是我十二三岁时的事，隔壁豆腐店里的王囡囡是当时我的小伴侣中的大阿哥。他是独子，他的母亲、祖母和大伯，都很疼爱他，给他很多的钱和玩具，而且每天放任他在外游玩。他家与我家贴邻而居。我家的人们每天赴市，必须经过他家的豆腐店的门口，两家的人们朝夕相见，互相来往。小孩们也朝夕相见，互相来往。此外他家对于我家似乎还有一种邻人以上的深切的交谊，故他家的人对于我特别要好，他的祖母常常拿自产的豆腐干、豆腐衣等来送给我父亲下酒。同时在小侣伴中，王囡囡也特别和我要好。他的年纪比我大，气力比我好，生活比我丰富，我们一道游玩的时候，他时时引导我，照顾我，犹似长兄对于幼弟。我们有时就在我家的染坊店里的榻上玩耍，有时相偕出游。他的祖母每次看见我俩一同玩耍，必叮嘱囡囡好好看待我，勿要相骂。我听人说，他家似乎曾经患难，而我父亲曾经帮他们忙，所以他家大人们吩咐王囡囡照应我。

我起初不会钓鱼，是王囡囡教我的。他叫他大伯买两副钓竿，一副送我，一副他自己用。他到米桶里去捉许多米虫，浸在盛水的罐头里，领了我到木场桥头去钓鱼。他教给我看，先捉起一个米虫来，把钓钩由虫尾穿进，直穿到头部。然后放下水去。他又说："浮珠一动，你要立刻拉，那么钩子钩住鱼的颚，鱼就逃不脱。"我照他所教的试验，果然第一天钓了十几头白条，然而都是他帮我拉钓竿的。

第二天，他手里拿了半罐头扑杀的苍蝇，又来约我去钓鱼。途中他对我说："不一定是米虫，用苍蝇钓鱼更好。鱼喜欢吃苍蝇！"这一天我们钓了一小桶各种的鱼。回家的时候，他把鱼桶送到我家里，说他不要。我母亲就叫红英去煎一煎，给我下晚饭。

自此以后，我只管欢喜钓鱼。不一定要王囡囡陪去，自己一人也去钓，又学得了掘蚯蚓来钓鱼的方法。而且钓来的鱼，不仅够自己下晚饭，还可送给店里的人吃，或给猫吃。我记得这时候我的热心钓鱼，不仅出于游戏欲，又有几分功利的兴味在内。有三四个夏季，我热心于钓鱼，给母亲省了不少的菜蔬钱。

后来我长大了，赴他乡入学，不复有钓鱼的工夫。但在书中常常读到赞咏钓鱼的文句，例如什么“独钓寒江雪”，什么“渔樵度此身”，才知道钓鱼原来是很风雅的事。后来又晓得有所谓“游钓之地”的美名称，是形容人的故乡的。我大受其煽惑，为之大发牢骚。我想，钓鱼确是雅的，我的故乡，确是我的游钓之地，确是可怀的故乡。但是现在想想，不幸而这题材也是生灵的杀虐！

我的黄金时代很短，可怀念的又只有这三件事。不幸而都是杀生取乐，都使我永远忏悔。

一九二七年梅雨时节

从孩子得到的启示

一

晚上喝了三杯老酒，不想看书，也不想睡觉，捉一个四岁的孩子华瞻来骑在膝上，同他寻开心。我随口问：

“你最喜欢什么事？”

他仰起头一想，率然地回答：

“逃难。”

我倒有点奇怪：“逃难”两字的意义，在他不会懂得，为什么偏偏选

吾徒胡為縱此樂暴殄
天物聖所哀
子愷

择它？倘然懂得，更不应该喜欢了。我就设法探问他：

“你晓得逃难就是什么？”

“就是爸爸、妈妈、宝姐姐、软软……娘姨，大家坐汽车，去看大轮船。”

啊！原来他的“逃难”的观念是这样的！他所见的“逃难”，是“逃难”的这一面！这真是最可喜欢的事！

一个月以前，上海还属孙传芳的时代，国民革命军将到上海的消息日紧一日，素不看报的我，这时候也定一份《时事新报》，每天早晨看一遍。有一天，我正在看昨天的旧报，等候今天的新报的时候，忽然上海方面枪炮声起了，大家惊惶失色，立刻约了邻人，扶老携幼地逃到附近的妇孺救济会里去躲避。其实倘然此地果真进了战线，或到了败兵，妇孺救济会也是不能救济的。不过当时张皇失措，有人提议这办法，大家就假定它为安全地带，逃了进去。那里面地方大，有花园、假山、小川、亭台、曲栏、长廊、花树、白鸽，孩子们一进去，登临盘桓，快乐得如入新天地了。忽然兵车在墙外轰过，上海方面的机关枪声、炮声，愈响愈近，又愈密了。大家坐定之后，听听，想想，方才觉得这里也不是安全地带，当初不过是自骗罢了。有决断的人先出来雇汽车逃往租界。每走出一批人，留在里面的人增一次恐慌。我们结合邻人来商议，也决定出来雇汽车，逃到杨树浦的沪江大学。于是立刻把小孩子们从假山中、栏杆内捉出来，装进汽车里，飞奔杨树浦了。

所以决定逃到沪江大学者，因为一则有邻人与该校熟识，二则该校是外国人办的学校，较为安全可靠。枪炮声渐远渐弱，到听不见了的时候，我们的汽车已到沪江大学。他们安排一个房间给我们住，又为我们代办膳食。傍晚，我坐在校旁的黄浦江边的青草堤上，怅望云水遥忆故居的时候，许多小孩子采花、卧草，争看无数的帆船、轮船的驶行，又是快乐得如入新天地了。

次日，我同一邻人步行到故居来探听情形的时候，青天白日的旗子已经招展在晨风中，人人面有喜色，似乎从此可庆承平了。我们就雇汽车去迎回避难的眷属，重开我们的窗户，恢复我们的生活。从此“逃难”两字就变成家人的谈话的资料。

这是“逃难”。这是多么惊慌、紧张而忧患的一种经历！然而人物一无损丧，只是一次虚惊；过后回想，这回好似全家的人突发地出门游览两天。我想假如我是预言者，晓得这是虚惊，我在逃难的时候将何等有趣！素来难得全家出游的机会，素来少有坐汽车、游览、参观的机会。那一天不论时，不论钱，浪漫地、豪爽地、痛快地举行这游历，实在是人生难得的快事！只有小孩子真果感得这快味！他们逃难回来以后，常常拿香烟篚子来叠作栏杆、小桥、汽车、轮船、帆船；常常问我关于轮船、帆船的事；墙壁上及门上又常常有有色粉笔画的轮船、帆船、亭子、石桥的壁画出现。可见这“逃难”，在他们脑中有难忘的欢乐的印象。所以今晚我无端地问华瞻最欢喜什么事，他立刻选定这“逃难”。原来他所见的，是“逃难”的这一面。

不止这一端，我们所打算、计较、争夺的洋钱，在他们看来个个是白

逃避与追求
子恺画

银的浮雕的胸章；仆仆奔走的行人，血汗涔涔的劳动者，在他们看来个个是无目的地在游戏，在演剧；一切建设，一切现象，在他们看来都是大自然的点缀，装饰。

唉！我今晚受了这孩子的启示了：他能撤去世间事物的因果关系的网，看见事物的本身的真相。他是创造者，能赋给生命于一切的事物。他们是“艺术”的国土的主人。唉，我要从他学习！

二

两个小孩子，八岁的阿宝与六岁的软软，把圆凳子翻转，叫三岁的阿韦坐在里面。他们两人同他抬轿子。不知哪一个人失手，轿子翻倒了。阿韦在地板上撞了一个大响头，哭了起来。乳母连忙来抱起。两个轿夫站在旁边呆看。乳母问：“是谁不好？”

阿宝说：“软软不好。”

软软说：“阿宝不好。”

阿宝又说：“软软不好，我好！”

软软也说：“阿宝不好，我好！”

阿宝哭了，说：“我好！”

软软也哭了，说：“我好！”

他们的话由“不好”转到了“好”。乳母已在喂乳，见他们哭了，就从旁调解：

“大家好，阿宝也好，软软也好，轿子不好！”

孩子听了，对翻倒在地上的轿子看看，各用手背揩揩自己的眼睛，走开了。

孩子真是愚蒙。直说“我好”，不知谦让。

所以大人要称他们为“童蒙”，“童昏”，要是大人，一定懂得谦让的方法：心中明明认为自己好而别人不好，口上只是隐隐地或转弯地表示，让众人看，让别人自悟。于是谦虚，聪明，贤慧等美名皆在我了。

讲到实在，大人也都是“我好”的。不过他们懂得谦让的一种方法，不像孩子直说出来罢了。谦让方法之最巧者，是不但不直说自己好，反而故意说自己不好。明明在谆谆地陈理说义，劝谏君王，必称“臣虽下愚”。明明在自陈心得，辩论正义，或惩斥不良、训诫愚顽，表面上总自称“不佞”“不慧”或“愚”。习惯之后，“愚”之一字竟通用作第一身称的代名词，凡称“我”处，皆用“愚”。常见自持正义而赤裸裸地骂人的文字函牍中，也称正义的自己为“愚”，而称所骂的人为“仁兄”。这种矛盾，在形式上看来是滑稽的；在意义上想来是虚伪的，阴险的。“滑稽”“虚伪”“阴险”，比较大人评孩子的所谓“蒙”“昏”，丑劣得多了。

对于“自己”，原是谁都重视的。自己的要“生”，要“好”，原是普遍的生命的共通的大欲。今阿宝与软软为阿韦抬轿子，翻倒了轿子，跌痛了阿韦，是谁好谁不好，姑且不论；其表示自己要“好”的手段，是彻底地诚实，纯洁而不虚饰的。

我一向以小孩子为“昏蒙”。今天看了这件事，恍然悟到我们自己的昏蒙了。推想起来，他们常是诚实的，“称心而言”的；而我们呢，难得有一日不犯“言不由衷”的恶德！

唉！我们本来也是同他们那样的，谁造成我们这样呢？

一九二六年作

艺术的逃难

那年日本军在广西南宁登陆，向北攻陷宾阳，浙江大学正在宾阳附近的宜山[①]，学生、教师扶老携幼，仓惶向贵州逃命，道路崎岖，交通阻塞。大家吃尽千辛万苦，才到得安全地带。我正是其中之一人，带了从一岁到七十二岁的眷属十人，和行李十余件，好容易来到遵义。看见比我早到的浙大同事某君，他幽默地说："听说你这次逃难很是'艺术的'？"我不禁失笑，因为我这次逃难，的确受艺术的帮忙。

① 即当时的宜山县，今天的宜州市，抗战期间曾先后属柳州监督区、庆远区、柳州区管辖。

那时我还在浙江大学任教。因为宜山每天两次警报，不胜奔命之苦。我把老弱者六人送到百余里外的思恩县的学生家里。自己和十六岁以上的儿女四人（三女一男）住在宜山；我是为了教课，儿女是为了读书。乱兵在南宁登陆之后，宜山的人，大家忧心忡忡，计划逃难。然因学校当局未有决议，大家无所适从。我每天逃两个警报，吃一顿酒，迁延度日。现在回想，真是糊里糊涂！

不久宾阳沦陷了！宜山空气极度紧张。汽车大敲竹杠。“大难临头各自飞”，不管学校如何，大家各自设法向贵州逃。我家分两处，呼应不灵，如之奈何！幸有一位朋友，代我及其他两家合雇一辆汽车，竹杠敲得不重，一千二百元送到都匀。言定经过离此九十里的德胜站时停一停，让我的老弱六人上车。一方面打长途电话到思恩，叫他们整理行物，在德胜站等候我们的汽车。岂知到了开车后那一天，大家一早来到约定地点，而汽车杳无影踪。等到上午，车还是不来，却挂了一个预报球！行李尽在路旁，逃也不好，不逃也不好，大家捏两把汗。幸而警报不来，但汽车也不来！直到下午，始知被骗。丢了定洋一百块钱，站了一天公路。这一天真是狼狈之极！

找旅馆住了一夜。第二日我决定办法：叫儿女四人分别携带轻便行李，各自去找车子，以都匀为目的地。谁先到目的地，就在车站及邮局门口贴个字条。说明住处，以便相会。这样，化整为零，较为轻便了。我惦记着在德胜站路旁候我汽车的老弱六人，想找短路汽车先到德胜。找了一个朝晨，找不到。却来了一个警报，我便向德胜的公路上走。息下脚来，已经走了数里。我向来车招手，他们都不睬，管自开过，一看表还只八点钟，我想，求人不如求已，我决定徒步四十五里到怀远站，然后再找车子到德胜。拔脚迈进，果然走到了怀远。

怀远我曾到过，是很热闹的一个镇。但这一天我很奇怪：我走上长街，店门都关，不见人影。正在纳罕，猛忆“岂非在警报中?”连忙逃出长街，一口气走了三四里路，看见公路旁村下有人卖团子，方才息足。一问，才知道是紧急警报！看表，是下午一点钟。问问吃团子的两个兵，知道此去德胜，还有四十里，他们是要步行赴德胜的。我打听得汽车滑竿都无希望，便再下一个决心，继续步行。我吃了一碗团子，用毛巾填在一只鞋子底里，又脱下头上的毛线帽子来，填在另一只鞋子底里。一个兵送我一根绳，我用绳将鞋和脚扎住，使不脱落。然后跟了这两个兵，再上长途。我准拟在这一天走九十里路，打破我平生走路的记录。

路上和两个兵闲谈，知道前面某处常有盗匪路劫。我身上有钞票八百余元，担起心来。我把八百元整数票子从袋里摸出，用破纸裹好，握在手里。倘遇盗匪，可把钞票抛在草里，过后再回来找。幸而不曾遇见盗匪，天黑，居然走到了德胜。到区公所一问，知道我家老弱六人昨天一早就到了，住在某伙铺里。我找到伙铺，相见互相惊讶，谈话不尽。此时我两足酸痛，动弹不得。伙铺老板原是熟识的，为我沽酒煮菜。我坐在被窝里，一边饮酒，一边谈话，感到特殊的愉快。颠沛流离的生活，也有其温暖的一面。

次日得宜山友人电话，知道我的儿女四人中，三人已于当日找到车子

小桌呼朋三面坐
留将一面与梅花
子恺画

出发。啊！原来在我步行九十里的途中，他们三人就在我身旁驶过的车子里，早已疾行先长者而去了！我这里有七十二岁的老岳母、我的老姐、老妻、十一岁的男孩、十岁的女孩，以及一岁多的婴孩，外加十余件行李。这些人物，如何运往贵州呢？到车站问问，失望而回。又次日，又到车站，见一车中有浙大学生，蒙他们帮忙，将我老姐及一男孩带走，但不能带行李。于是留在德胜的，还有老小五人，和行李十余件，这五人不能再行分班，找车愈加困难。而战事日益逼近，警报每天两次。我的头发便是在这种时光不知不觉地变白的！

在德胜空住了数天，决定坐滑竿，雇挑夫，到河池，再觅汽车。这早上来了十二名广西苦力。四乘滑竿，四个脚夫。把人连物，一齐扛走，迤逦而西，晓行夜宿，三天才到河池。这三天的生活竟是古风。旧小说中所写的关山行旅之状，如今更能理解了。

河池地方很繁盛，旅馆也很漂亮。我赁居某旅馆，楼上一室，镜台、痰盂、茶具、蚊帐，一切俱全，竟像杭州的二三等旅馆。老板是读书人，知道我的“大名”，招待得很客气，但问起向贵州的汽车，他只有摇头，我起个大早，破晓就到车站去找车子，但见仓惶、拥挤、混乱之状，不可向迩，废然而返。第二天又破晓到车站，我手里拿了一大束钞票而找司机。有的看看我手中的钞票，抱歉地说，人满了，搭不上了！有的问我有几个人，我说人三个，行李八件（其实是五个，十二件），他好像吓了一跳，掉头就走。如是者凡数次。我颓唐地回旅馆。站在窗前怅望，南国的冬日，骄阳艳艳，青天漫漫，而予怀渺渺，后事茫茫，这一群老幼，流落道旁，如何是好呢？传闻敌将先攻河池，包围宜山、柳州。又传闻河池日内将有大空袭。这晴明的日子，天是标准的空袭天气。一有警报，我们这位七十二岁的老太太怎样逃呢？万一突然打到河池来，那更不堪设想了！

这样提心吊胆地过了好几天，前途似乎已经绝望。旅馆老板安慰我说："先生还是暂时不走，在这里休息一下，等时局稍定再说。"我说："你真是一片好心！但是，万一打到这里来，我人地生疏，如之奈何？"他说："我有家在山中，可请先生同去避乱。"我说："你真是义士！我多蒙照拂了，但流亡之人，何以为报呢？"他说："若得先生到乡，趁避乱之暇，写些书画，给我子孙世代宝藏，我便受赐不浅了！"在这样交谈之下，我们便成了朋友。我心中已有七八分跟老板入山，但二三分还想觅车向都匀走。

次日，老板拿出一副大红闪金纸对联来，要我写字。说："老父今年七十，蛰居山中。做儿女的糊口四方，不能奉觞上寿，欲乞名家写联一副，托人带去，聊表寸草之心，可使蓬荜生辉！"我满口答允。就到楼下客厅中写。墨早磨好，浓淡恰到好处，我提笔就写。墨渖堆积，历久不干。门外马路边太阳光作金黄色。他的管账提议：抬出门外去晒，老板反对，说怕被人踏损了。管账说："我坐着看管！"就由茶房帮同，把墨迹淋漓的一副大红对联抬了出去，我写字时，暂时忘怀了逃难。这时候又带了一颗沉重的心，上楼去休息，岂知一线生机，就在这里发现。

老板亲自上楼来，说有一位赵先生要见我，我想下楼，一位穿皮上衣的壮年男子已经走上楼来了。他握住我的手，连称“久仰”“难得”。我听他的口音，是无锡、常州之类，乡音入耳，分外可亲，就请他在楼上客间里坐谈。他是此地汽车加油站的站长，来得不久。适才路过旅馆，看见门口晒着红对子，是我写的，而墨迹未干，料想我一定在旅馆内，便来访问。我向他诉说了来由和苦衷，他慷慨地说：“我有办法。也是先生运道太好：明天正有一辆运汽油的车子开都匀。尚有空位，让先生先走。”我说：“那么你自己呢？”他说：“我另有办法。况且战事尚未十分逼近，我是要到最后才走的。”讲完了，他起身就走，说晚上再同司机来看我。

我好比暗中忽见灯光，惊喜之下，几乎雀跃起来。但一刹那间，我又消沉，颓唐，以至于绝望，因为过去种种忧患伤害了我的神经，使它由过敏而变成衰弱。我对人事都怀疑。这江苏人与我萍水相逢，他的话岂可尽信？况在找车难于上青天的今日，我岂敢盼望这种侥幸！他的话多分（即“多半”）是不负责的。我没有把这话告诉我的家人，免得他们空欢喜。

岂知这天晚上，赵君果然带了司机来了。问明人数，点明行李，叮嘱司机之后，他拿出一卷纸来，要我作画。我就在灯光之下，替他画了一幅墨画。这件事我很乐愿，同时又很苦痛。赵君慷慨乐助，救我一家出险，我写一幅画送他留个永念，是很乐愿的。就作画这件事说，我一向欢喜自动，兴到落笔，毫无外力强迫，为作画而作画，这才是艺术品。如果为了敷衍应酬，为了交换条件，为了某种目的或作用而作画，我的手就不自然，觉得画出来的笔笔没有意味，我这个人也毫无意味。但在那时，也只得勉强破例，在昏昏灯火下用恶劣的纸笔作画。

次日一早，赵君亲来送行，汽车顺利地开走。下午我们老幼五人及行李十二件，安全地到达了目的地都匀，汽车站壁上贴着我的老姐及儿女们的住址，他们都已到了。全家十一人，在离散十六天之后，在安全地带重行团聚，老幼俱各无恙。我们找到了他们的时候，大家笑得合不拢嘴来。正是“人世难逢开口笑，茅台须饮两千杯！”这晚上十一人在中华饭店聚餐，我饮茅台酒大醉。

一个普通平民，要在战事紧张的区域内舒泰地运出老幼五人和十余件行李，确是难得的事。我全靠一幅对联因缘，居然得到了这权利。当时朋友们夸饰为美谈。这就是某君所谓“艺术的逃难”。但当时那副对联倘不拿出去晒，赵君无由和我相见，我就无法得到这权利，我这逃难就得另换一种情状，也许更好；但也许更坏，列在铁路下，转乎沟壑……都是可能的事，人真是可怜的动物！极微细的一个“缘”，例如晒对联，可以左右你的命运，操纵你的生死。而这些“缘”都是天造地设，全非人力所能把握的。寒山子诗云：“碌碌群汉子，万事由天公。”人生的最高境界，只有宗教。所以我的逃难，与其说是“艺术的”，不如说是“宗教的”。人的一切生活，都可说是“宗教的”。

赵君名正民，最近还和我通信。

1946 年 4 月 29 日于重庆

翡翠笛

“南北山头多墓田，清明祭扫各纷然。纸灰化作白蝴蝶，血泪染成红杜鹃。日落狐狸眠冢上，夜归儿女笑灯前。人生有酒须当醉，一点何曾到九泉！”从前姐姐读这首诗，我听得熟了。当时不知道什么意思，跟着姐姐信口唱，只觉得音节很好。今天在扫墓船里，又听见姐姐唱这首诗。我问明白了字句的意味，不觉好笑起来，对姐姐说：“这原来是咏清明扫墓的诗，今天唱，很合时宜；但我又觉得不合事理：我们每年清明上坟，不是向来当作一件乐事的么？我家的扫墓竹枝词中，有一首是‘双双画桨荡轻波，一路春风笑语和。望见坟前堤岸上，松阴更比去年多’。多么快乐！怎么古人上坟会哭出‘血泪’来，直到上好坟回家，还要埋怨儿女

青梅
子愷畫

在灯前笑呢？末后两句最可笑了：'人生有酒须当醉'，人生难道是为吃酒的？酒醉糊涂，还算什么'人生'？我真不解这首诗的好处。”

爸爸在座，姐姐每逢理论总是不先说的。她看看我，又看看爸爸，仿佛在说：“你问爸爸！”爸爸懂得她的意思，自动地插嘴了：“中国古代诗人提倡吃酒，确是一种颓废的人生观。像你，现代的少年人，自然不能和他们同情的。但读诗不可过于拘泥事实，这首诗的末两句，也可看作咏叹人生无常，劝人及时努力的。却不可拘泥于酒。欢喜吃酒的说酒，欢喜做事的不妨把醉酒改作做事，例如说'人生有事须当作，一件何曾到九泉！'不很对么？”姐姐和我听了这两句诗，一齐笑起来。

爸爸继续说：“至于扫墓，原本是一件悲哀的事。凭吊死者，回忆永别的骨肉，哪里说得上快乐呢？设想坟上有个新冢，扫墓的不是要哭么？但我们的都是老坟，年年祭扫，如同去拜见祖宗一样，悲哀就化为孝敬，而转成欢乐了。尤其是你们，坟上的祖宗都是不曾见过面的，扫墓就同游春一般。这是人生无上的幸福啊！”我听了这话有些凛然。目前的光景被这凛然所衬托，愈加显得幸福了。

扫墓的船在一片油菜花旁的一枝桃花树下停泊了。爸爸、姆妈、姐姐和我，三大伯、三大妈和他家的四弟、六妹，和工人阿四，大家纷纷上岸。大人们忙着搬桌椅，抬条箱，在坟前设祭。我们忙着看花，攀树，走田塍，折杨柳。他们点上了蜡烛，大声地喊：“来拜揖！来拜揖！”我们才从各方集合拢来，到坟前行礼。墓地邻近有一块空地，上面覆着垂杨，三面围着豆花，底下铺着绿草，如像一只空着的大沙发，正在等我们去坐。

我们不约而同地跑进去，席地而坐了。从附近走来参观扫墓的许多村人，站在草地旁看我们。他们的视线集中在姐姐身上。原来姐姐这次春假回家，穿着一身黄色的童子军装，不男不女的，惹人注意。我从衣袋里摸出口琴来吹，更吸引了远处的许多村姑。我又想起了我家的扫墓竹枝词："壶榼纷陈拜跪忙，闲来坐憩树荫凉。村姑三五来窥看，中有谁家新嫁娘。"所咏的就是目前的光景。

忽然听得背后发出一种声音，好像羊叫，衬着口琴的声音非常触耳。回头看见四弟坐在蚕豆花旁边，正在吹一管绿色的短笛。我收了口琴跑过去看，原来他的笛是用蚕豆梗做的：长约半尺多，上面有三五个孔，可用手指按出无腔的音调来。我忙叫姐姐来看。四弟常跟三大妈住在乡下的外婆家，懂得这些自然的玩意儿。我和姐姐看了都很惊奇而且艳羡，觉得这比我们的口琴更有趣味。我们请教他这笛的制法。才知道这是用豌豆茎和蚕豆茎合制而成的。先拔起一枝蚕豆茎来，去根去梢去叶，只剩方柱形的一段。用指爪在这段上摘出三五个孔，即为笛声。再摘取豌豆茎的梢，约长一寸，把它插入方柱上端的孔中，笛就完成。吹的时候，用齿把豌豆茎咬一下，吹起来笛就发音。用指按笛身上各孔，就会吹出高低不同的种种音来。依照这方法，我和姐姐各自新制一管。吹起来果然都会响。可是各孔所发的音，像是音阶，却又似 do 非 do，似 re 非 re，不能吹奏歌曲。我的好奇心活跃了："姐姐，这些洞的距离，必有一定的尺寸。我们随意乱摘，所以不成音阶。倘使我们知道了这尺寸，我们可以做一管发音正确的'豆梗笛'，用以吹奏种种乐曲，不是很有趣么？"姐姐的好奇心同我一样活跃，说道:“不叫做豆梗笛，叫做‘翡翠笛’。爸爸一定知道这些孔的尺寸。我们去问他。”

爸爸见了我们的翡翠笛，吃惊地叫道：“呀！蚕豆还没有结子，怎么你们拔了这许多豆梗！农人们辛苦地种着的！”工人阿四从旁插嘴道:“不要紧，这蚕豆是我家的，让哥儿们拔些吧。”爸爸说:“虽然你们不要他们赔偿，他们应该爱护作物，不论是谁家的！”姐姐擎着她的翡翠笛对爸爸说：“我们不再采了。只因这里的音分别高低，但都不正确。不知怎样才能成一音阶，可以吹奏乐曲？”爸爸拿过翡翠笛来吹吹，就坐在草地上，兴味津津地研究起来。他已经被一种兴味所诱，浑忘了刚才所说的话，他的好奇心同我们一样地活跃了。大人们原来也是有孩子们的兴味，不过平时为别种东西所压迫，不容易显露罢了。我的爸爸常常自称“不失童心”，今天的事很可证明他这句话了。

阿四采了一大把蚕豆梗来，说道：“这些都是不开花的，拔来给哥儿们做笛吧。反正不拔也不会结豆的。”姐姐接着说:“那很好了。不拔反要耗费肥料呢。”爸爸很安心，选一枝豆梗来，插上一个豌豆梗的叫子，然后在豆梗上摘一个洞，审察音的高低，一个一个地添摘出来，终于成了一个具有音阶七音的翡翠笛。居然能够吹个简单的乐曲。我们各选同样粗细的豆梗。依照了他的尺寸，各制一管翡翠笛，果然也都合于音阶，也能吹奏乐曲。我的好奇心愈加活跃了，捉住爸爸，问他：“这距离有何定规？”

爸爸说：“我也是偶然摘得正确的。不过这偶然并非完全凑巧，也根据着几分乐理。大凡吹动管中空气而发音的乐器，管愈长发音愈低，管愈短发音愈高。笛上开了一个洞，无异把管截断到洞的地方为止。故其洞愈近吹口，发音愈高，其洞愈近下端，发音愈低。箫和笛的制造原理就根据在此。刚才我先把没有洞的豆梗吹一吹，假定它是 do 字。然后任意摘一个洞，吹一下看，恰巧是 re 字。于是保住相当的距离，顺次向吹口方向摘六个洞，就大体合于音阶上的七音了。吹的时候，六个洞全部按住为 do，下端开放一个为 re，开放二个为 mi……尽行开放为 si。这是管乐器制造的原理。我这管可说是原始的管乐器了。弦乐器的制造原理也是如此，不过空管换了弦线。弦线愈长，发音愈低；弦线愈短，发音愈高。口琴风琴上的簧也是如此：簧愈长，发音愈低；簧愈短，发音愈高。但同时管的大小，弦的粗细，簧的厚薄，也与音的高低有关。愈大，愈粗，愈厚，发音愈低；反之发音愈高。关于这事的精确的乐理，《开明音乐讲义》中‘音阶的构成’一章里详说着。我现在所说的不过是其大概罢了。”

“大概”也够用了，我们利用余多的豆梗，照这“大概”制了种种的翡翠笛。其中有两枝，比较的最正确，简直同竹笛一样。扫墓既毕，我们把这两枝翡翠笛放在条箱里，带回家去。晚上拿出来看，笛身已经枯萎了。爸爸见了这枯萎的翡翠笛，感慨地说：“这也是人生无常的象征啊！”

兒童散學歸來早
忙趁東風放紙鳶
子愷

白象

白象是我家的爱猫，本来是我的次女林先家的爱猫，再本来是段老太太家的爱猫。

抗战初，段老太太带了白象逃难到大后方。胜利后，又带了它复员到上海，与我的次女林先及吾婿宋慕法邻居。不知为了什么原因，段老太太把白象和它的独子小白象寄交林先、慕法家，变成了他们的爱猫。我到上海，林先、慕法又把白象寄交我，关在一只无锡面筋的笼里，上火车，带回杭州，住在西湖边上的小屋里，变成了我家的爱猫。

白象真是可爱的猫！不但为了它浑身雪白，伟大如象，又为了它的眼睛一黄一蓝，叫做“日月眼”。它从太阳光里走来的时候，瞳孔细得几乎没有，两眼竟像话剧舞台上所装置的两只光色不同的电灯，见者无不惊奇赞叹。收电灯费的人看见了它，几乎忘记拿钞票；查户口的警察看见了它，也暂时不查了。

白象到我家后，慕法、林先常写信来，说段老太太已迁居他处，但常常来他们家访问小白象，目的是探问白象的近况。我的幼女一吟，同情于段老太太的离愁，常常给白象拍照，寄交林先转交段老太太，以慰其相思。同时对于白象，更增爱护。每天一吟读书回家，或她的大姐陈宝教课回家，一坐倒，白象就跳到她们的膝上，老实不客气地睡了。她们不忍拒绝，就坐着不动，向人要茶，要水，要换鞋，要报看。有时工人不在身边，我同老妻就当听差，送茶，送水，送鞋，送报。我们是间接服侍白象。

有一天，白象不见了。我们侦骑四出，遍寻不得。正在担忧，它偕同一只斑花猫，悄悄地回来了，大家惊喜。女工秀英说，这是招贤寺里的雄猫，说过笑起来。经过一个短促的休止符，大家都笑起来。原来它是到和尚寺里去找恋人去了，害得我们急死。

此后斑花猫常来，它也常去，大家不以为奇。我觉得白象更可爱了。因为它不像鲁迅先生的猫，恋爱时在屋顶上怪声怪气，吵得他不能读书写稿，而用长竹竿来打。后来它的肚皮渐渐大起来了。约摸两三个月之后，它的肚皮大得特别，竟像一只白象了。我们用一只旧箱子，把盖拿去，作为它的产床。有一天，它临盆了，一胎五子，三只雪白的，两只斑花的。大家称庆，连忙叫男工樟鸿到岳坟去买新鲜鱼来给它调将。女孩子们天天

哀鳴
子愷畫

冲克宁奶粉给它吃。

小猫日长夜大，两星期之后，都会爬动。白象育儿耐苦得很，日夜躺卧，让五个孩子纠缠。它的身体庞大，在五只小猫看来，好比一个丘陵。它们恣意爬上爬下，好像西湖上的游客爬孤山一样。这光景真是好看！

不料有一天，一只小花猫死了。我的幼儿新枚，哭了一场，拿一条美丽牌香烟的匣子，当作棺材，给它成殓，葬在西湖边的草地中。余下的四只，就特别爱惜。我家有七个孩子，三个在外，四个在杭州，他们就把四只小猫分领，各认一只。长女陈宝领了花猫，三女宁馨、幼女一吟、幼儿新枚，各领一只白猫。这就好比乡下人把孩子过房给庙里的菩萨一样，有了“保佑”，“长命富贵”。大约因为他们不是菩萨，不能保佑；过一会，一只小白猫又死了。剩下三只，一花二白，都很健康，看看已能吃鱼吃饭，不必全靠吃奶了。白象的母氏劬劳，也渐渐减省。它不必日夜躺着喂奶，可以随时出去散步，或跳到女孩子们的膝上去睡觉了。女孩子们笑它：“做了母亲还要别人抱？”它不理，管自睡在人家怀里。

有一天，白象不回来吃中饭。“难道又到和尚寺里去找恋人了？”大家疑问。等到天黑，终于不回来。秀英当夜到寺里去寻，不见。明天，又不回来。问题严重起来，我就写两张海报：“寻猫：敝处走失日月眼大白猫一只。如有仁人君子觅得送还，奉酬法币十万元。储款以待，决不食言。××路××号谨启。”过了两天，有邻人来言，“前几天看见一大白猫死在地藏庵与复性书院之间的水沼里，恐怕是你们的。”我们闻耗奔丧，找不到尸体。问地藏庵里的警察，也说不知；又说，大概清道夫取去了。

我们回家，大家沉默志哀，接着就讨论它的死因。有的说是它自己失脚落水，有的说是顽童推它下水，莫衷一是。后来新枚来报告，邻家的孩子曾经看见一只大白猫死在水沼上的大柳树根上。后来被人踢到水沼里。孩子不会说诳，此说大约可靠。且我听说，猫不肯死在家里，自知临命终了，必远行至无人处，然后辞世。故此说更觉可靠。我觉得这点“猫性”，颇可赞美。这有壮士风，不愿死户牖下儿女之手中，而情愿战死沙场，马革裹尸。这又有高士风，不愿病死在床上，而情愿遁迹深山，不知所终。总之，白象确已不在“猫间”了！

白象失踪的第二天，林先从上海来杭。一到，先问白象。骤闻噩耗，惊惶失色。因为她原是受了段老太太之托，此番来杭将把白象带回上海，重归旧主的。相差一天，天缘何悭！然而天实为之，谓之何哉。所幸它还有三个遗孤，虽非日月眼，而壮健活泼，足以承继血统。为防损失，特把一匹小花猫寄交我的好友家。其余两匹小白猫，常在我的身边。每逢我架起了脚看报或吃酒的时候，它们爬到我的两只脚上，一高一低，一动一静，别人看见了都要笑。我倒已经习以为常，似觉一坐下来，脚上天生成有两只小猫的。

一九四七年五月二十七日于杭州作

第二章 闲话

凡有嗜好的人，因为主观的感情作用，往往认为这嗜好是最合理的，最有意义的，是人人应该有的，不是我一人的偏好。于是就不认为这是一种癖好。

蜜蜂

正在写稿的时候，耳朵近旁觉得有“嗡嗡”之声，间以“得得”之声。因为文思正畅快，只管看着笔底下，无暇抬头来探究这是什么声音。然而“嗡嗡”，“得得”，也只管在我耳旁继续作声，不稍间断。过了几分钟之后，它们已把我的耳鼓刺得麻木，在我似觉这是写稿时耳旁应有的声音，或者一种天籁，无须去探究了。

等到文章告一段落，我放下自来水笔，照例伸手向罐中取香烟的时候，我才举头看见这“嗡嗡”“得得”之声的来源。原来有一只蜜蜂，向我案旁的玻璃窗上求出路，正在那里乱撞乱叫。

我以前只管自己的工作，不起来为它谋出路，任它乱撞乱叫到这许久

人散後一鉤新月天如水
子愷

时光，心中觉得有些抱歉。然而已经挨到现在，况且一时我也想不出怎样可以使它钻得出去的方法，也就再停一会儿，等到点着了香烟再说。

我一边点香烟，一边旁观它的乱撞乱叫。我看它每一次钻，先飞到离玻璃一二寸的地方，然后直冲过去，把它的小头在玻璃上“得，得”地撞两下，然后沿着玻璃“嗡嗡”地向四处飞鸣。其意思是想在那里找一个出身的洞。也许不是找洞，为的是玻璃上很光滑，使它立脚不住，只得向四处乱舞。乱舞了一回之后，大概它悟到了此路不通，于是再飞开来，飞到离玻璃一二寸的地方，重整旗鼓，向玻璃的另一处地方直撞过去。因此“嗡嗡”“得得”，一直继续到现在。

我看了这模样，觉得非常可怜。求生活真不容易，只做一只小小的蜜蜂，为了生活也须碰到这许多钉子。我诅咒那玻璃，它一面使它清楚地看见窗外花台里含着许多蜜汁的花，以及天空中自由翱翔的同类，一面又周密地拦阻它，永远使它可望而不可即。这真是何等恶毒的东西！它又仿佛是一个骗子，把窗外的广大的天地和灿烂的春色给蜜蜂看，诱它飞来。等到它飞来了，却用一种无形的阻力拦住它，永不使它出头，或竟可使它撞死在这种阻力之下。

因了诅咒玻璃，我又羡慕起物质文明未兴时的幼年生活的诗趣来。我家祖母年年养蚕。每当蚕宝宝上山的时候，堂前装纸窗以防风。为了一双燕子常要出入，特地在纸窗上开一个碗来大的洞，当作燕子的门，那双燕子似乎通人意的，来去时自会把翼稍稍敛住，穿过这洞。这般情景，现在回想了使我何等憧憬！假如我案旁的窗不用玻璃而换了从前的纸窗，我们这蜜蜂总可钻得出去。即使撞两下，也是软软的，没有什么苦痛。求生活在从前容易得多，不但人类社会如此，连虫类社会也如此。

我点着了香烟之后就开始为它谋出路。但这是一件很不容易的事。叫它不要在这里钻，应该回头来从门里出去，它听不懂我的话。用手硬把它捉住了到门外去放，它一定误会我要害它，会用螫反害我，使我的手肿痛得不能工作。除非给它开窗；但是这扇窗不容易开，窗外堆叠着许多笨重的东西，须得先把这些东西除去，方可开窗。这些笨重的东西不是我一人之力所能除去的。

于是我起身来请同室的人帮忙，大家合力除去窗外的笨重的东西，好把窗开了，让我们这蜜蜂得到出路。但是同室的人大家不肯，他们说，"我们做工都很疲倦了，哪有余力去搬重物而救蜜蜂呢？"我顿觉自己也很疲倦，没有搬这些重物的余力。救蜜蜂的事就成了问题。

忽然门里走进一个人来和我说话。为了不能避免的事，我立刻被他拉了一同出门去，就把蜜蜂的事忘却了。等到我回来的时候，这蜜蜂已不见。不知道是飞去了，被救了，还是撞杀了。

廿四（1935）年三月七日于杭州

蝌蚪

一

每度放笔，凭在楼窗上小憩的时候，望下去看见庭中的花台的边上，许多花盆的旁边，并放着一只印着蓝色图案模样的洋瓷面盆。我起初看见的时候，以为是洗衣物的人偶然寄存着的。在灰色而简素的花台的边上，许多形式朴陋的瓦质的花盆的旁边，配置一个机械制造而施着近代风图案的精巧的洋瓷面盆，绘画地看来，很不调和。假如眼底展开着的是一张画纸，我颇想找块橡皮来揩去它。

得其所哉得其所哉
子愷

一天，二天，三天，洋瓷面盆尽管放在花台的边上。这表示它不是偶然寄存，而负着一种使命。晚上凭窗闲眺的时候，看见放学出来的孩子们聚在墙下拍皮球。我欲知道洋瓷面盆的意义，便提出来问他们，才知道这面盆里养着蝌蚪，是春假中他们向田里捉来的。我久不来庭中细看，全然没有知道我家新近养着这些小动物；又因面盆中那些蓝色的图案，细碎而繁多，蝌蚪混迹于其间，我从楼窗上望下去，全然看不出来。蝌蚪是我儿时爱玩的东西，又是学童时代教科书里最感兴味的东西，说起来可以牵惹种种的回想，我便专诚（即专心诚意）下楼来看它们。

洋瓷面盆里盛着大半盆清水，瓜子大小的蝌蚪十数个。抖着尾巴，急急忙忙地游来游去，好像在找寻什么东西。孩子们看见我来欣赏他们的作品，大家围集拢来，得意地把关于这作品的种种话告诉我：

“这是从大井头的田里捉来的。”

“是清明那一天捉来的。”

“我们用手捧了来的。”

“我们天天换清水的呀。”

“这好像黑色的金鱼。”

“这比金鱼更可爱！”

“它们为什么不绝地游来游去？”

“它们为什么还不变青蛙？”

他们的疑问把我提醒，我看见眼前这盆玲珑活泼的小动物，忽然变成了一种苦闷的象征。

我见这洋瓷面盆仿佛是蝌蚪的沙漠。它们不绝地游来游去，是为了找寻食物。它们的久不变成青蛙，是为了不得其生活之所。这几天晚上，附近田里蛙鼓的合奏之声，早已传达到我的床里了。这些蝌蚪倘有耳，一定也会听见它们的同类的歌声。听到了一定悲伤，每晚在这洋瓷面盆里哭泣，亦未可知！它们身上有着泥土水草一般的保护色，它们只合在有滋润的泥土，丰肥的青苔的水田里生活滋长。在那里有它们的营养物，有它们的安息所，有它们的游乐处，还有它们的大群的伴侣。现在被这些孩子们捉了来，关在这洋瓷面盆里，四周围着坚硬的洋铁，全身浸着淡薄的白水，所接触的不是同运命的受难者，便是冷酷的珐琅质。任凭它们镇日（即整天）急急忙忙地游来游去，终于找不到一种保护它们，慰安它们，生息它们的东西。这在它们是一片渡不尽的大沙漠。它们将以幼虫之身，默默地夭死在这洋瓷面盆里，没有成长变化，而在青草池塘中唱歌跳舞的欢乐的希望了。

这是苦闷的象征，这象征着某种生活之下的人的灵魂！

二

我劝告孩子们："你们只管把蝌蚪养在洋瓷面盆中的清水里，它们不得充分的养料和成长的地方，永远不能变成青蛙，将来统统饿死在这洋瓷面盆里！你们不要当它们金鱼看待！金鱼原是鱼类，可以一辈子长在水里；蝌蚪是两栖类动物的幼虫，它们盼望长大，长大了要上陆，不能长

餵馬
子愷

居水里。你看它们急急忙忙地游来游去，找寻食物和泥土，无论如何也找不到，样子多么可怜！”

孩子们被我这话感动了，颦蹙地向洋瓷面盆里看。有几人便问我：“那么，怎么好呢？”

我说：“最好是送它们回家——拿去倒在田里。过几天你们去探访，它们都已变成青蛙，‘哥哥，哥哥’地叫你们了。”

孩子们都欢喜赞成，就有两人抬着洋瓷面盆，立刻要送它们回家。

我说：“天将晚了，我们再留它们一夜，明天送回去吧。现在走到花台里拿些它们所欢喜的泥来，放在面盆里，可以让它们吃吃，玩玩。也可以让它们知道，我们不再虐待它们，我们先当作客人款待它们一下，明天就护送它们回家。”

孩子们立刻去捧泥，纷纷地把泥投进面盆里去。有的人叫着：“轻轻地，轻轻地！看压伤了它们！”

不久，洋瓷面盆底里的蓝色的图案都被泥土遮掩。那些蝌蚪统统钻进泥里，一只也看不见了。一个孩子寻了好久，锁着眉头说：“不要都压死了？”便伸手到水里拿开一块泥来看。但见四个蝌蚪密集在面盆底上的泥的凹洞里，四个头凑在一点，尾巴向外放射，好像在那里共食什么东西，或者共谈什么话。忽然一个蝌蚪摇动尾巴，急急忙忙地游了开去。游到别的一个泥洞里去一转，带了别的一个蝌蚪出来，回到原处。五个人聚在一起，五根尾巴一齐抖动起来，成为五条放射形的曲线，样子非常美丽。孩子们呀呀地叫将起来。我也暂时忘记了自己的年龄，附和着他们的声音呀呀地叫了几声。

随后就有几人异口同声地要求："我们不要送它们回家，我们要养在这里！"我在当时的感情上也有这样的要求；但觉左右为难，一时没有话回答他们，踌躇地微笑着。一个孩子恍然大悟地叫道："好！我们在墙角里掘一个小池塘，倒满了水，同田里一样，就把它们养在那里。它们大起来变成青蛙，就在墙角里的地上跳来跳去。"大家拍手说"好！"我也附和着说"好！"大的孩子立刻找到种花用的小锄头，向墙角的泥地上去垦。不久，垦成了面盆大的一个池塘。大家说："够大了，够大了！""拿水来，拿水来！"就有两个孩子扛开水缸的盖，用浇花壶提了一壶水来，倾在新开的小池塘里。起初水满满的，后来被泥土吸收，渐渐地浅起来。大家说："水不够，水不够。"小的孩子要再去提水，大的孩子说："不必了，不必了，我们只要把洋瓷面盆里的水连泥和蝌蚪倒进塘里，就正好了。"大家赞成。蝌蚪的迁居就这样地完成了。

夜色朦胧，屋内已经上灯。许多孩子每人带了一双泥手，欢喜地回到屋里去，回头叫着："蝌蚪，再会！""蝌蚪，再会！""明天再来看你们！""明天再来看你们！"一个小的孩子接着说："明天它们也许变成青蛙了。"

三

洋瓷面盆里的蝌蚪，由孩子们给迁居在墙角里新开的池塘里了。孩子们满怀的希望，等候着它们变成青蛙。我便怅然地想起了前几天遗弃在上海的旅馆里的四只小蝌蚪。

今年的清明节，我在旅中度送。乡居太久了有些儿厌倦，想调节一下。就在这清明的时节，做了路上的行人。时值春假，一孩子便跟了我走。清明的次日，我们来到上海。十里洋场，我一看就生厌，还是到城隍庙里去坐坐茶店，买买零星玩意，倒有趣味。孩子在市场的一角看中了养在玻璃瓶里的蝌蚪，指着了要买。出十个铜板买了。后来我用拇指按住了瓶上的小孔，坐在黄包车里带它回旅馆去。

回到旅馆，放在电灯底下的桌子上观赏这瓶蝌蚪，觉得很是别致：这真像一瓶金鱼，共有四只。颜色虽不及金鱼的漂亮，但是游泳的姿势比金鱼更为活泼可爱。当它们游在瓶边上时，我们可以察知它们的实际的大小只及半粒瓜子。但当它们游到瓶中央时，玻璃瓶与水的凸镜的作用把它们的形体放大，变化参差地映入我们的眼中，样子很是好看。而在这都会的旅馆的楼上的五十支光电灯底下看这东西，愈加觉得稀奇。这是春日田中很多的东西，要是在乡间，随你要多少，不妨用斗来量。但在这不见自然面影的都会里，不及半粒瓜子大的四只，便已可贵，要装在玻璃瓶内当作金鱼欣赏了，真有些儿可怜。而我们，原是常住在乡间田畔的人，在这清明节离去了乡间而到红尘万丈的中心的洋楼上来鉴赏玻璃瓶里的四只小蝌蚪，自己觉得好笑。这好比富翁舍弃了家里的酒池肉林而加入贫民队里来吃大饼油条；又好比帝王舍弃了上苑三千而到民间来钻穴窥墙。

一天晚上，我正在床上休息的时候，孩子在桌上玩弄这玻璃瓶，一个失手，把它打破了。水泛滥在桌子上，里面带着大大小小的玻璃碎片，蝌蚪躺在桌上的水痕中蠕动，好似涸辙之鲋，演成不可收拾的光景，归我来办善后。善后之法，第一要救命。我先拿一只茶杯，去茶房那里要些冷水来，把桌上的四个蝌蚪轻轻地掇进茶杯中，供在镜台上了。然后一一拾去玻璃的碎片，揩干桌子。约费了半小时的扰攘，好容易把善后办完了。去镜台上看看茶杯里的四只蝌蚪，身体都无恙，依然是不绝地游来游去，但形体好像小了些，似乎不是原来的蝌蚪了。以前养在玻璃瓶中的时候，因有凸镜的作用，其形状忽大忽小，变化百出，好看得多。现在倒在茶杯里一看，觉得就只是寻常乡间田里的四只蝌蚪，全不足观。都会真是枪花[①]繁多的地方，寻常之物，一到都会里就了不起。这十里洋场的繁华世界，恐怕也全靠着玻璃瓶的凸镜的作用映成如此光怪陆离。一旦失手把玻璃瓶打破了，恐怕也只是寻常乡间田里的四只蝌蚪罢了。

过了几天，家里又有人来上海玩。我们的房间嫌小了，就改赁大房间。大人、孩子，加以茶房，七手八脚地把衣物搬迁。搬迁之后立刻出去看上海。为经济时间计，一天到晚跑在外面，乘车，买物，访友，游玩，少有在旅馆里坐的时候，竟把小房间里镜台上的茶杯里的四只小蝌蚪完全忘却了；直到回家后数天，看到花台边上洋瓷面盆里的蝌蚪的时候，方然忆及。现在孩子们给洋瓷面盆里的蝌蚪迁居在墙角里新开的小池塘里，满怀希望，等候着它们变成青蛙。我更怅然地想起了遗弃在上海的旅馆里

① 枪花，江南方言，意即欺人之计。

蝴蝶來儀
子愷畫

的四只蝌蚪。不知它们的结果如何?

大约它们已被茶房妙生倒在痰盂里，枯死在垃圾桶里了。妙生欢喜金铃子，去年曾经想把两对金铃子养过冬，我每次到这旅馆时，他总拿出他的牛筋盒子来给我看，为我谈种种关于金铃子的话。也许他能把对金铃子的爱推移到这四只蝌蚪身上，代我们养着，现在世间还有这四只蝌蚪的小性命的存在，亦未可知。

然而我希望它们不存在。倘还存在，想起了越是可哀！它们不是金鱼，不愿住在玻璃瓶里供人观赏。它们指望着生长、发展，变成了青蛙而在大自然的怀中唱歌跳舞。它们所憧憬的故乡，是水草丰足，春泥粘润的田畴间，是映着天光云影的青草池塘。如今把它们关在这商业大都市的中央，石路的旁边，铁筋建筑的楼上，水门汀砌的房笼内，瓷制的小茶杯里，除了从自来水龙头上放出来的一勺之水以外，周围都是瓷、砖、石、铁、钢、玻璃、电线，和煤烟，都是不适于它们的生活而足以致它们死命的东西。世间的凄凉，残酷，和悲惨，无过于此。这是苦闷的象征，这象征着某种生活之下的人的灵魂!

假如有谁来报告我这四只蝌蚪的确还存在于那旅馆中，为了象征的意义，我准拟立刻动身，专赴那旅馆中去救它们出来，放乎青草池塘之中。

一九三四年四月廿二日

养鸭

除了例假日有长长大大的四个学生（两大学，一高中，一专科）回家来热闹一番之外，经常住在家里的只有三个半人：我们老夫妇二人，一个男工，和一个五岁的男孩。但畜生倒有八口：两狗，两猫，两鸽和两鸭。有一位朋友看见了说："人少畜生多。"

这许多畜生之中，我最喜欢的是两只鸭。狗是为了防窃贼设法讨来的；猫是为了抵抗老鼠出了四百多块钱买来的，都有实用性。并且狗的贪婪，无耻和势利，猫的凶狠和谄媚，根本不能使我喜欢。至于鸽子呢，新近友人送来的，养得不久；我虽久仰他们的敏捷和信义，但是交情还浅，尚未领教，也只得派在不欢喜之列。惟有两只鸭，我觉得有意思。

这一对鸭不是原配，是一个寡妇和一个第二后夫。来由是这样的：今年暮春，一吟（就是那专科学生）从街上买了一对小鸭回来。小得很，两只可以并排站在手掌上。白天在后门外水田游泳，晚上共睡在一只小篮里，挂在梁上：为的是怕黄鼠狼拖去吃。鸭子长得很快，不久小篮嫌挤，就改睡在一个字纸篓里，还是挂在梁上。有一天半夜里，我半睡中听见室内哗啦哗啦地响，后来是鸭子叫。连忙起身，拿电筒一照，只见字纸篓正在摇荡中，下面地上，一只小雄鸭仰卧在血泊中。仔细一看，头颈已被咬断，血如泉涌了。连忙探望字纸篓，小雌鸭幸而还在。环视室内，凶手早已不知去向了。这件血案闹得全家的人都起来。看看残生的小雌鸭，各人叹了好几口气。

后来一吟又买了一只小雄鸭来。大小和小雌鸭相仿佛。几日来，小雌鸭形单影只，如今又鹣鹣鲽鲽了。自从那件血案发生以后，我们每晚戒备很严，这一对续弦的小鸭，安全地长大起来，直到七月初我们迁居新屋的时候，已经长成一对中鸭了。新屋四周没有邻居，却有篱笆围着一大块空地。我们在篱笆内掘一个小塘，就称为乳鸭池塘。一对鸭子尽日在篱笆内仰观俯察，逡巡游泳，在我的岑寂的闲居生活上增添了一种生趣。不知不觉之间，它们已长成大鸭，全身雪白，两脚大黄，翅膀上几根羽毛，黑色里透着金光，很是美观。它们晚上睡在屋檐下一只箩子底下。箩子上面压上一块石板，也是为防黄鼠狼。谁知有一天的破晓，我睡醒来，听见连新——我们的男工，在叫喊。起来探问，才知道一只雄鸭又被拖去了，一道血迹从箩子边洒到篱笆的一个洞口，洞外也有些点滴，迤逦

家住夕陽江上邨一灣流水遶柴門種来
松樹高於屋借与春禽養子孫
子愷畫

向荒山而去。查问根由，原来昨夜连新忘记在箩子上压石板，黄鼠狼就来启箩偷鸭了。既经的疏忽也不必责咎，只是以后的情景着实可怜。那雌鸭放出箩来，东寻西找，仰天长鸣，“轧轧”之声，竟日不绝。其声慌张，焦躁，而似乎含有痛楚，使闻者大为不安。所谓“行人驻足听，寡妇起彷徨”者，大约是类乎此的鸣声吧。以前小雄鸭被害了，她满不在乎，照旧吃食游水，我曾经笑她“她毕竟是禽兽！”，但照如今看来，毕竟是人的同类，也是含识的，有情的众生。傍晚我偶然走到箩子旁边，看见早上喂的饭全没有动。

雌鸭“丧其所天”之后，一连三四日“轧轧”地哀鸣，东张西望地寻觅。后来也就沉静了。但样子很异常，时时俯在地上叩头，同时“咯咯”地叫。从前的邻人周婆婆来，看见了，说她是需要雄鸭。我们就托周婆婆作媒，过了几天，周婆婆果然提了一只雄鸭来，身材同她一样大小，毛色比她更加鲜美。雄鸭一到地上，立刻跟着雌鸭悠然而逝，直到屋后篱角，花阴深处盘桓了。他们好像是旧相识的。

这一对鸭就是我现在所喜欢的畜生。我喜欢他们，不仅为了上述的一段哀史，大半也是为了鸭这种动物的性行。从前意大利的辽巴第(Leopardi，即列奥巴尔迪）喜欢鸟，曾作“百鸟颂”。鸭也是鸟类，却没有被颂在里头，我实在要替鸭抱不平。许多人说，鸭步行的态度太难看。我以为不然，摇摇摆摆地走路，样子天真自然，另有一种“滑稽美”。狗走起路来皇皇如也，好像去赶公事；猫走起路来偷偷摸摸，好像去干暗杀，这才是真难看。但我之所以喜欢鸭子，主要是为了他们的廉耻。人去喂食的时候，鸭一定远远地避开。直到人去远了才慢慢地走近来吃。正在吃的时候，倘有人远远地走过来，一定立刻舍食而去，绝不留恋。虽然鸭子终吃了人们的饭，但其态度非常漂亮，绝不摇尾乞怜，绝不贪婪争食，颇有“履霜坚冰”之操，“不食嗟来”之志，比较之下，狗和猫实在可耻：狗之贪食，恐怕动物中无出其右了。喂食的时候，人还没有走到食盆边，狗已摇头摆尾地先到，而且把头向空盆里乱钻。所以倒下去的食物往往都倒在狗头上。猫是上桌子的畜生，其贪吃更属可怕。不管是灶头上，柜子里，乘人不备，到处偷吃。甚至于人们吃饭的时候，会跳上人膝，向人的饭碗里抢东西吃。一旦抢到了美味的食物，若有人追打，便发出一种吼声，其声的凶狠，可以使人想象老虎或雷电。足证它是用尽全身之力，为食物而拼命了。凡此种种丑态在我们的鸭子全然没有。鸭子，即使人们忘了喂食，仍是摇摇摆摆地自得其乐。这不是最可爱的动物吗？

这两只鸭，我决定养它们到老死。我想准备一只笼子，将来好关进笼里，带它们坐轮船，穿过巴峡巫峡，经过汉口南京，一同回到我的故乡。

一九四三年十一月十七日

看灯

今晚我的船所要停泊的市镇上，正在举行“新生活运动提灯大会”。船头离岸尚远，早有鼓乐喧阗之声，从远近各处传入我的船室。船家夫妇从下午起，一直在船梢上恨恨地谈论昨夜失去的那条白绵绸裤子。新生活运动鼓乐之声能使他们转恨为喜，到这时候他们忽然起劲地摇着“盖面橹”，兴致勃勃地话起那灯会中的“牡丹亭”“白毛太狮”来。

市里的岸边停着许多客船，我们的船不能摇进市中，只得泊在市梢。船家夫妇做夜饭给我吃，同时为我谈起灯会的种种盛况。他们说这是难得看得到的；又说像我，描画的人，更是非看不可。他们能包我描得许多“出色”的画。最后又郑重地叮嘱我，衣帽物件务要收藏得好，防恐蹈了昨夜的覆辙。

黄昏九时，我由船主人引导，穿过了一片汗臭的人海，来到毛厕斜对面的一所败屋的门前。船主人说，在这地方看灯再好勿有。别的房屋的门口，都站满着人，只有这庑下比较的空些。原来这败屋的门紧紧地关闭着，里面并无主人出来看灯，专把它庑下这块在当时千金难买的空地，让给像我这样的过路人驻足。我举头一看，望见檐下挂着一块破旧不堪的匾额，额上写着“土谷祠”三字，心想这里面大约没有阿Q，或者也有，而正在参加提灯，所以关着门。门外已疏朗朗地站着十来个人，但一边尚有几尺空地，好像是专为我和船主人留着的。走近一看，地下有着很大的一个水洼，其深不可测。船主人去近旁拾些砖头来，在这些水洼里填起两个浮墩，教我把足踏在浮墩上。他自己本来赤着脚，就像种莲花一般地把两脚插在水里，挺起胸部，等候着看灯。

这样地站着等候了约一小时之久，鼓乐之声渐渐地迫近来。路的两旁就有千百个人头，弯弯曲曲地伸进伸出，向鼓乐的来处探望，惟有我一人正襟危立，一些儿不动。人之见者，或将赞我镇静不躁，修养功夫极深。果尔，我将感谢我脚底下的两个浮墩。其实我早该感谢它们。因为这时候，站到土谷祠庑下来的人已渐次增加了不少，颇有些儿拥挤，但始终没有人敢挨近我身边来。我仿佛是占据着梁山泊的强徒，四面环绕着水，任何官兵不敢相犯。

鼓乐只管在近处喧阗。花灯只管不来。我的两脚只管保住了一尺半的距离而分立着，有些儿麻木了。我的眼睛只管望见罗汉像一般的人头，也

幾人相憶在江樓
子愷

有些儿看厌了。视线所及，只有斜对面毛厕上络绎不绝的小便者，变化丰富，姿势各殊，暂时代替花灯供我欣赏。这会我独得了珍奇的阅历：有生以来，从未对着这样拥挤的毛厕作这样长久的观察。吾今始知小便者的态度姿势变化之多。想描出几个，伸手向衣袋中摸速写簿，遍摸不得。料想是一小时之前通过人海时被挤出衣袋而落在途中了，或者被人误认作皮夹掏去了。我之所谓速写簿，其实只是六个铜板买来的一本小拍纸簿，厚纸的旁边装着一个自己手制的铅笔套，套内插着半支大华厂“唯一国货”的六 B 铅笔罢了。不过里面已经写着一幅船主人洗脚图，失去了略觉可惜；当时眼前的小便者的姿态无法速写，又觉得可惜。

继续看了络绎不绝的许多小便者之后，花灯方始迎来。我目不转瞬地注视，想多看些，以偿盼待之劳。可是那些花灯都像灵隐道上的轿子一般匆匆地从我眼前抬过，不肯给我细看。而我呢，也因为在水泊中的浮墩上一动不动地继续站立了一小时多，异常疲劳，没有仔细看灯的精力了。只觉无数乒乓球制的小电灯在我眼前络绎不绝地经过，等它们过完之后，我靠了船主人的手援，跳出水泊，再穿过了汗臭的人海而归到船埠。

坐在船室中，船主人便问我今晚可得几幅画。我闭目探索，只有那毛厕中一个小便者的姿态，在我脑中留有明确的印象。便背摹其状。

廿三（1934）年五月十九日

读书

《中学生》杂志社出了一个关于“书”的题目来，命我写一篇随笔。倘要随我的笔写出，我新近到杭州去医眼疾，独游西湖，看了西湖上的字略有所感，让我先写些关于字的话吧。

以前到杭州，必伴着一群人，跟着众人的趋向而游西湖。走马看花地巡行，于各处皆不曾久留。这回独自来游，毫无牵累。又是为求医而来，闲玩似属天经地义，不妨于各处从容淹留。我每在一个寻常惯到的地方泡一碗茶，闲坐，闲行，闲看，闲想，便可勾留半日之久。

听了医生的话，身边不带一册书。但不幸而识字，望见眼前有文字的地方，会不期地睁着病眼去辨识。甚至于苦苦地寻认字迹，探索意味。

我这回才注意到：西湖上发表着的文字非常之多，皇帝的御笔，名人士夫的联额，或勒石，或刻木冠，冠冕堂皇地，金碧辉煌地，装点在到处的寺院台榭中。这些都是所谓名笔，将与湖山同朽，千古留名的。但寺院台榭内的墙壁上，栋柱上，甚至门窗上，还拥挤着无数游客的题字，也是想留名于湖山的。其文字大意不过是“某年某月某日某人到此”而已，但表现之法各人不同：有的用炭条写，有的用铅笔写，有的带了（或许是借了）毛笔去写，又有的深恐风雨侵蚀他的芳名，特用油漆涂写。或者不是油漆，是画家的油画颜料。画家随身带着永不退色的法国罗佛朗制的油画颜料，要在这里留名千古，是很容易的。写的形式，又各人不同：有的字特别大，有的笔划特别粗，皆足以牵惹人目。有的在别人直书的上面故用横行、斜行的文字，更为显著而立异。又有的引用英文、世界语，使在满壁的汉字中别开生面。我每到一处地方，不论碑上的、额上的、壁上的、柱上的，凡是文字，都喜观玩。但有的地方实在汗牛充栋，尽半日淹留之长，到底不能一一读遍所有各家的大作。我想，倘要尽读全西湖上发表着的所有的文字，恐非有积年累月的闲工夫不可。

我这回仅在惯到的几处闲玩二三日。但所看到的文字已经不少。推想别处，也不过是同样性质的东西增加分量罢了。每当目瞑意倦的时候，便回想关于所见的所感。勒石的御笔和金碧的名人手迹中，佳作固然有，但劣品亦处处皆是。它们全靠占着优胜的地位，施着华美的装潢，故能掩丑于无知者之前。若赤裸裸地品起美术的价值来，不及格的恐怕很多。壁上的炭条文字中，涂鸦固然多，但真率自然之笔亦复不少。有的似出于天真烂漫的儿童之手，有的似出于略识之无的工人之手。然而一种真率简劲的美，为金碧辉煌的作品中所不能见。可惜埋没在到处的暗壁角里，不易受世人的赏识，长使笔者为西湖上无名的作家耳。假如湖山的管领者肯选拔这些文字来，勒在石上，刻在木上，其美术的价值当比御笔的石碑高贵得多呢。

我的感想已经写完，但终于没有写到本题。倘读书与看字有共通的情形，就让读者“闻一以知二”吧。不然，我这篇随笔文不对题，让编辑先生丢在字纸篓里吧。

廿二（1933）年九月

我的烧香癖

《论语》出这个题目要我作文。我初接到邵洵美先生的信的时候，决定不能作。因为我想，我的生活平淡无奇，与普通人无异，并无癖好可说。我把征稿启事和信札塞在抽斗里，准备置之不理。我坐在案前，预备做别的写作。忽然觉得缺乏一种条件。原来是案头的炉香已经熄灭，眼睛看不见篆缕，鼻子闻不到香气，我的笔就提不起来。于是开开香炉盖，把香灰推平，把梅花架子装上，把香末添进，用铜帚细细地塑制。正在这时候，我忽然觉悟了：这不是一种癖好吗？为什么写作一定要点香呢？这样一想，就发现我自己原有癖好，我的生活并不平淡，与普通人并不相同。同时我又发生一种警惕之感，即主观的蒙蔽的可怕。凡有嗜好的人，

好鳥枝頭亦朋友
子愷

因为主观的感情作用，往往认为这嗜好是最合理的，最有意义的，是人人应该有的，不是我一人的偏好。于是就不认为这是一种癖好。我刚才的初感，便是由主观的蒙蔽而生。此事虽小，可以喻大，我安得不警惕呢？

于是我就来写自己的癖好，以应《论语》的雅嘱。抗战以前，我闲居石门湾缘缘堂时，癖好最多。首屈一指的是烧香。我烧的是“寿字香”。寿字香者，就是在一铜制的香炉中，用香末依寿字形的模型塑成的香。这模型普通是一篆文寿字。从头至尾，一气连贯。也有不取寿字而取别种形式的；但因多数为寿字，故统称为寿字香。这种香炉，大都分两层，上层底下盛香灰，寿字香末就塑在这层香灰上面。下层是盛香末以及工具的地方。工具共有四件：一是铜模，模中雕出弯弯曲曲一个寿字，从头至尾，一气连贯。二是铜片，乃和香炉同样大小的一片铜，寿字香点过以后欲重制时，先拿这铜片将香灰压平，然后重新塑制于香灰之上。三是铜瓢，形似小铲刀，用以取香末的。四是铜帚，用以括平香末，完成塑制的。这种香炉我家共有八九只之多。有方形的，有圆形的，有梅花形的，有如意形的。我每次到杭州上海，必赴旧货店找寻此物，找到了我家所未有的形式，便买回来。因此积聚了八九只之多。我的书案上，不断地供着这种香炉。看厌了，换一只。所点的香末，也分数种，常常调换，有檀香末，降香末，麝香末，以及福建香末，都是托药店定制的。我当时生活很普罗，布衣，蔬食，不慕奢侈；独于点香一事，不惜费用。每月为香所费的，比吃饭贵得多！这正是一种癖好。为什么有这种癖好？我爱它有两种好处：第一是香的气味的美。香气使鼻子的嗅觉发生快感。美学者言，人的感觉，分高等下等两种，视觉与听觉，对精神发生关系的，称为高等感觉。味觉触觉等，对肉体发生关系的，称为下等感觉。其实这也不能绝对分别。只是视觉与听觉不须接触身体，隔着距离即可摄受，故认为高等耳。味觉与触觉必须接触身体，不能隔开距离，故认为下等耳。照这说法，嗅觉应该称为中等感觉。因为它可以隔着距离，凭香气的接触而摄受。欣赏艺术品，如看画，听乐，是用高等感觉的。吃饭穿衣，是用下等感觉的。其中间还有一种闻香，是用中等感觉的。因为它不接不离，若接若离，介乎高等与下等之间。我们爱好艺术的人，常常追求高等感觉的快美。所以欢喜看画，欢喜读书，欢喜听乐，欢喜看戏。但好画，好书，好戏，是不能常得的。所以高等感觉常被闲却。这是一件憾事。我所以欢喜点香，就是为了要利用中等感觉的快感来补充美欲的不满足。吃烟，也是与嗅觉发生关系的。但它必须通过嘴巴深入肺腑，而且有瘾，近于饮酒吃饭，与美欲相去太远。故吃烟不是完全属于中等感觉的。惟有点香，完全属于中等感觉，其品位还在吃饭穿衣之上，而仅次于看画，读书，听乐，看戏。古人对于这中等感觉，早已注意。所以“炉香”“篆缕”“沉水”“金鸭”等字眼，屡见于诗词。我常觉得，古人的事不一定可取法。但烧香这件事，大可效仿。我效仿了多年，居然成了一种癖好。鼻子闻不到香气时，意懒懒的提不起笔来，展不开书来。

其次，我的爱点香，是为了香的烟缕的形象的美。我们所居的房屋中，所陈列的物件，都是静止的。好画满壁，好花满瓶，好书满架，都是不动的。久居在静止的房间内，有沉闷，单调之感。有的人爱养鸟，大概是欢喜它的动。窗前挂一个鸟笼，听听鸟的鸣声，看看鸟在樊笼内跳来跳去的动作，可以打破静的沉闷与单调。但我不爱这办法。把天空翱翔的动物禁锢在立方尺内，让它哀鸣挣扎，而认为乐事，到底不是好办法。与其养鸟，远不如点香。香烟缭绕，在空中画出万千种美妙的形状，实在是可以赏心悦目的。古人称之为“篆缕”“篆烟”，以其飘曳的形状颇像篆文。又有“心字香”之称。考据者说是古人的线香制成篆文心字的形，故名。但我以为不一定要线香制成心字形，香的烟气的形状，也常绕成篆文心字形状，一切香都不妨称为“心字香”。而且还有一种意义。香烟缭绕之形，象征着人心的思想。思想也是飘渺无定的东西，与烟气的随风飘荡，委婉曲折，十分相似。故静看炉烟，可助思想。或思入风云变态中，或想入非非，或成独笑，或做昼梦。烟缕有启发思想之功。龚定庵诗云：“瓶花贴妥炉烟定，觅我童心四十年。”炉烟的飘曳，可以教人怀旧，引人回忆，促人反省，助人收回失去的童心。

点香对我固有上述的好处，就成了我的癖好。但这是抗战以前，故国平居时的话。抗战军兴，我弃家西窜，流离迁徙，深入不毛。有时连香烟都缺乏，谈不到炉烟。有时连吃饭都成问题，谈不到点香。重庆的四年，生活比较安定；但是抗战未了，生灵涂炭未已，我哪有闲情逸致去点香呢？所以这癖好一直戒除了九年。去年秋天，我复员返沪。回到故乡石门湾去看看，故居缘缘堂不是焦土，而早已变成草地，昔日供炉烟的地方，已有很高的野生树木在欣欣向荣了。我到杭州来找住处。杭州住屋亦不易得，我先住在功德林的旅馆内。住了几天，找不到房子，就借住在和尚寺

孤雲
子愷畫

内。我一进和尚寺，就到梅花碑去找旧货店，想买一只香炉，恢复我旧时的癖好。岂知十年战乱之后，民生凋疲，此物自知无人顾问，都已消形灭迹，无处寻访了。好容易在一处旧货店内找到一只梅花形的寿字香。出一万块钱买了回来，供在寺内的案头。香末更难访到，我就向香烛铺去买檀香末，聊以代替。擅香末是粗粒的，实在不宜于点寿字香。但在十年战乱之后，能恢复我这小小的癖好，已经心满意足了。我得了这东西，好比失恋的人恢复了旧欢。我正想与它订白头之盟，从此永不分离。只是内乱方殷，民生还在涂炭，使我这炉烟的香气的美，与篆缕的形状的美，都大打折扣，不知何日方得全部恢复也。

卅六（1947）年三月三日于杭州

寄宿舍生活的回忆

寄宿舍生活给我的印象，犹如把数百只小猴子关闭在个大笼子中，而使之一齐饮食，一齐起卧。小猴子们怎不闹出种种可笑的把戏来呢？十多年前，我也曾做了一只小猴子而在杭州第一师范学校[①]的大笼子中度过五年可笑的生活。现在回想起来，饭厅里的把戏最为可笑。

生活程度增高，物价腾贵，庶务先生精明，厨房司务调皮，加之以青年学生的食欲昂进，夹大夹小七八个毛头小伙子，围住一张板桌，协力对付五只高脚碗里的浅零零的菜蔬，真有“老虎吃蝴蝶”之势。菜蔬中整块的肉是难得见到的。一碗菜里露出疏疏的几根肉丝，或一个蛋边添配一

① 指在杭州的浙江省立第一师范学校。

朵肉酱，算是席上的珍品了。倘有一个人大胆地开始向这碗里叉了一筷，立刻便有十多只筷子一齐凑集在这碗菜里，八面夹攻，大有致它死命的气概。我是一向不吃肉的，没有尝到这种夹攻的滋味。但食后在盥洗处，时常听见同学们的不平之语。有的人说："这家伙真厉害，他拿筷子在菜面上掉一个圈子，所有的肉丝便结集在他的筷子上，被他一筷子夹去了。"又有的人说："那家伙坏透了。他把筷子从蛋黄旁边斜插进去，向底下挖取。上面看来蛋黄不曾动弹，其实底下的半个蛋黄已被他挖空，剩下的只是蛋黄的一张壳了。"

有时众目所注意的，是一段鲞鱼。这种鲞鱼在家庭的厨房里是极粗末的东西，在当时卖起来不过两三个铜板一段。但在我们的桌面上，真同山珍海味一般可贵。因为它又咸又腥，夹得到一粒，可以送下三四口饭呢。不幸而这种鲞鱼大都是石硬的。厨房司务又要省柴，蒸得半生不熟。筷子头上不曾装着刀锯。两根平头的毛竹对付这段带皮连骨的石硬的鲞鱼，真非用敏捷的手法不可。我向来拙于用筷的手法。有一时期又听信了一个经济腕力的同学的意见，让右手专司握笔而改用左手拿筷，手法便更加拙劣。偏偏这碗鲞鱼常不放在我的面前，而远远地放在桌的对面。我总要千难万试，候着适当的机会，看中了鲞鱼的一角而下箸。一夹不动，再夹，三夹又不动。别人的筷子已经跃跃欲试地等候在我的手臂的两旁，犹如马路口的车子等候绿灯了。我不好尽管阻碍交通，只得拉了一片鲞皮回来。有时连夹了四五次，竟连鲞皮都不得一条；而等候开放的人的眼，又都注集在我的筷头，督视着我的演技。空筷子缩回来太没有面子。但到底没

冬日街頭
子愷畫

有办法，我只得红着脸孔，蘸一些羹汤回来，也送下了一口白饭。

这原是我的技巧拙劣的原故。饭厅中的人大都眼明手快，当食不让，像我这样拙劣而退缩的人是少数。有的人一顿要吃十来碗饭。吃到本桌上的菜蔬碗底只只向天的时候，他们便转移到有剩菜的邻桌上去吃。吃其余不足，又顾而之他，好像逐水草而转移的游牧之民。又有大食量而兼大胖子的人，舍监先生编排膳厅座位时，倘把这大胖子编定在某席上，与他同坐一边的人就多不平了。饭厅上的板桌比较普通家庭间的八仙桌狭小得多。在最伟大的胖子，原来只合独占一边；他占据了一边的三分之二，把其余的三分之一让给同坐一边的瘦子，已经是客气了。然而那瘦子便抱不平。瘦子的不平也是难怪的。因为这不是暂时之事，膳厅的座位一经舍监先生编定之后，同坐一边的两人犹如经过了正式结婚的夫妇，不由你任意离开了。一日三餐，一学期一百三五十日，共约四百余餐，要餐餐偎傍了一个大胖子而躲在桌角上吃饭，原是人情所难堪的事。况且吃饭一事实在过于重大，据我所闻，暂时同吃一席喜酒，亦有因侵占座位而起口角的事：我的故乡石门地方，有一位吃亏不起的先生，赴亲友家吃喜酒，恰巧和一个老实不客气的大胖子同坐在桌的一边。那大胖子独占了桌边的三分之二，这吃亏不起的先生就向他开口："老兄，你送多少喜仪？"大胖子一时不懂他的意思，率尔而对曰："我送四角。"那人接着说道："原来你也只送四角，我道你是送六角的。"我们饭厅里的瘦子并未责问大胖子缴多少膳费，究竟是在受教育的人，客气得多。

我们的饭厅里，着实是可称为客气的。我们守着这样的礼仪：用膳完毕的时候，必须举起筷子，向着同桌未用毕的人画一个圈子用以代表“慢用”。未用毕的人也须用筷子向他一点，用以代表“用饱”。桌桌如此，餐餐如此。就是在五只菜碗底都向天，未毕的人无可慢用，已毕的人不曾用饱的时候，这礼仪也遵行不废。但是，一群猴子关闭在一个笼子里，客气也有客气的可笑。举动轻率的青年想把筷子伸向左方的一碗中去夹菜，忽又看中了右方的一碗菜，中途把筷子绕回右方，不期地在桌面上画了一个圈子。其余的人当他是行“慢用”的礼，大家用筷子来向他乱点。结果满座发出一种说不出的笑声。又有举动孟浪（即鲁莽、轻率）的孩子只管急忙地划饭，不提防饭粒滚进了气管，咳嗽出一大口和菜嚼碎了的饭粒来，分播在公用的菜碗里，又惹起一种说不出的笑声。

据我的妻子所说，她在某女学校中做寄宿生的时候，饭堂里的礼仪比我们更为严重。同桌的八个人，膳毕须等了一同散去，不得先走。据她说，吃得快而等候别人，不过对着残盘多坐一下，还不算苦；苦的是吃得慢而被人等候的人。倘守了末位，更加难堪。其余七个人都已用毕，环坐在你的面前，二七十四只眼睛煜煜地注视你的举动，看你夹菜，看你划饭，看你咀嚼，看你咽下去。十目所视已经严了，何况十四只眼睛的注视！这结果，吃亏了娇养惯的姑娘，便宜了厨房老板。（她的学校是由校长先生家里包饭的。）在家庭间娇养惯的姑娘吃饭大都是一粒一粒地咀嚼的。她们到这学校里来吃饭，最是吃亏。别人放下碗筷的时候，她还没有吃完一碗饭。在十几只眼睛的监视之下，不好意思从容地添饭，只得饿着肚子走开了。大家怕守末位，只得大家少吃些，这就便宜了厨房老板（即校长先生）。

总之，饭厅里种种可笑的把戏，都由于共食而发生。倘改了分食，我们的饭厅里就寂寞了。各人各吃一份，吃肉丝不必用筷掉圈子，吃蛋无须向底下挖，吃鲞的艰辛也可免除。大食量的人无处游牧，大胖子不致受人讨嫌，那种说不出的笑声也没有了。我们习惯了共食，以为吃饭当然如此；但根本地想来，这办法实在有些稀奇，而且颇不妥当。我们的吃饭是以饭为主体而菜蔬为补助的。这仿佛馒头，主体是面，而由馅补助面的滋味。但馒头中的主体和补助物各有相当的分量，由做馒头的人配好了给我们吃。吃饭则并不配好，而一任吃者临时自己配合。但又不是一餐一餐地配合，也不是一碗一碗地配合，而是一口一口地配合的。划进一口饭，从口中抽出筷子，插进公用的菜碗里，夹取一筷菜，再送进口中。这办法稀奇得带些野蛮。有洁癖的人自备专用的碗筷，每餐随身携带。却不知共食的时候，七八双筷子从七八只口中到公用的菜碗里要往返数十百次。每碗菜里都已混着各人的唾液了。像我们的饭厅里的小弟弟们，有时竟把嚼碎了的饭屑由筷子带到公用的菜碗里，搅匀了给各人分吃呢。共食的办法在家庭间也许可行，但在我们的饭厅中，行之便有种种可笑的把戏。因为一桌中的和平，全靠各人的公德和良心而维持。共食者要个个是恪守礼仪的道学先生也许可以没事。但我们是关闭在大笼子中的小猴子，不像群狗狂吠而争食，还算是客气的啊！

饭厅上的可笑由于合并而来，宿舍里的可笑则由于分别而生。住的地方和睡的地方，分别为二处。数百学生，每晚像羊群一般地被驱逐到楼上的寝室内，强迫他们同时睡觉；每晨又强迫他们同时起身，一齐驱逐到楼下的自修室中。明月之夜，倘在校庭中多流连了一会，至少须得暗中摸索而就寝；甚或蒙舍监的谴责，被视为学校中的犯法行为。严冬之晨，倘在被窝里多流连了一会，就得牺牲早饭，或被锁闭在寝室总门内。照这制度的要求，学生须同畜生一样，每天一律放牧，一律归牢，不许一只离群而独步。那宿舍的模样，就同动物园一般。一条长廊之中，连续排列着二十间寝室的门。门的形状色彩完全相同。每一寝室内排列着三六十八只板床，床的形状也完全相同。各室中的布置又完全相同。你倘若被编排在靠近长廊首尾的几间寝室中，还容易认识。但我不幸而常被编排在中段的几间寝室中，就寝时便不易从形式上认识自己的房间。寝室的门上，原有寝室号码。旁边又挂着室内的寄宿生的姓名表，宛如动物园内的笼上的标札。白天要找寻自己的寝室，原可按着号码或姓名表而探索；但长廊的两端的寝室总门，白天是锁闭的。我们入寝室的时间总是黑夜九点半钟。这时候每室内开一盏电灯，长廊的两端的扶梯上面也各有一盏电灯。但灯光极弱，寝室号码是不易辨认的。我只能跟随同寝室的人，或牢记门口一只床内的被褥的色彩和花纹，以为自己的寝室的记号。倘这位睡在门口的朋友一朝换了被头，我便一时失迷，须得张皇逡巡了一会然后发现自己的窠巢。找到了自己的床，赶快脱衣就睡。不久寝室内就变成黑暗的世界了。长廊两端的两盏电灯原是通夜不熄的。长廊内依旧有光，但中段的寝室门外，所受的光度很是微弱了。倘不是月明之夜，熄灯后在寝室内只看见开向长廊内的玻璃窗的微明的方格，此外更无一线光明了。

三杯不記主人誰
子愷

这在翻进床里就打眠鼾的人也许不觉得苦；但我在青年时代，向有不易入睡的习癖。因为不易入睡，就欢喜停火[①]。倘先熄了灯，我便辗转不能成寐，要直到更深人倦，然后瞑目。但次日不能早起，须得放弃早膳，或被锁闭，或受舍监先生的责罚了。所以我初到这学校来做寄宿生的时候，曾为了这个习癖而受不少的苦恼。曾记那时候，我对于自己的习癖异常执着。我心中常痛恨学校生活的无理，而庇护自己的习癖。有一次我看到洪北江的文句："夜寝列烛，求其悦魂"，以为我自己的习癖暗合于古人的意见，便非常高兴。现在，我已改为日出而起日入而息的生活，灯火在我几乎无用了。但回忆青年时代所憧憬的文句，仍觉得可爱。上次我到上海，曾专为这文句而买了一部《八大家骈文钞》。

宿舍中的可笑的把戏，就在我辗转不寐的时候演出来了。小便的桶放在长廊两端扶梯上头的电灯下面。约莫十一二点钟，头一忽困醒的时候，就听见邻室中有人起来小便。死一般沉寂的宿舍中，寝室门呀的一声，长廊内就有仓皇出奔似的脚步声。"腾腾腾腾"地越响越远，终于消失了。不久这声音又起，越响越近，寝室门呀的一声，又沉寂了。忽然我们的寝室内起了一种惊骇的呼叫声。"啊唷，啊唷！""哪一个？哪一个？"邻床的人被他们扰醒，继续就有答话之声和笑声。原来邻室中赴小便回来的人睡眼朦胧，认错了一扇门，误进了我们的寝室，急忙把身子钻进同样位置的眠床中，却压在别人的身上，就把那人从睡梦中吓醒，两人都惊喊起来，演

① 停火，浙江方言，指保留灯火不熄。

成这幕深夜的趣剧。因为我们虽被豢养在这动物园里，但实际上并未具有狗鼻子一般灵敏的嗅觉，或猫眼睛一般锋利的视觉，故在暗夜中便会误认自己的窠巢。明天的自修室中就添了一种谈笑的资料。

自修室就在寝室的楼下，也是向着长廊中开门的。每室容二十四人，两人共用一桌，两桌相对四人为一团，一室共六团。六团在室中的布置，依照骰子上的六点的式样，室室都如此。每天晚上七时至九时之间，四五百人都在埋头自修的时候，你倘不想起这是我们的学校的宿舍，而走到长廊中去观望各室的光景，一定要错认这是一大嘈杂的裁缝工场。我最初加入这生活中的时候，非常不惯，觉得这里面实在只宜于缝工。缝工可以一面缝纫，而一面听人说话或和人谈天。要我在这里面读书，我只得先拿钢笔尖来刺聋自己的耳朵。耳朵终于没有刺，但后来自然变成聋子一般，也会在别人揶揄谈笑的旁边看书或演习算草了。有时对座的五年级生拉着高调而朗读《古文观止》，同时出劲地抖他的腿，我对于他的高调也可以置若罔闻，不过算草簿子上添了许多曲线组成的阿拉伯字。

寄宿舍中的自由乡是调养室，所以调养室中常常人满。虽经舍监和校医严格地限制，但入调养室的人依然很多。我也曾一入这自由乡。觉得调养室的生活比较宿舍的生活，一软一硬，一宽一猛，一温一寒。那里的床铺和桌椅的位置，可以自由改动，不拘一定的形状。起居可以随意早晚，不受铃声的支配。舍监先生不来点名，上课了可以堂皇地缺席。最舒服的，病人可以公然地叫厨子做些爱吃的菜蔬，或叫斋夫生个炭炉来自煮些私菜。这不但病人舒服，病人的同乡或知友们也可托这病人的福而来调养

麥野桑村有酒徒
過門相覓醉相扶
朱門日日教歌舞也有儂家此樂無
子愷

室中享受几顿丰富、舒泰、温暖的晚餐。故病势轻微而病状显著的病是我们所盼望的。发疟的人最幸福了。疟的发作，不管寝室的总门开不开，立刻要来拥被而卧。这真是入调养室的最正当又最有力的理由。而且入室以后，在疟势不发作的时间，欢喜上的课依旧可以去上，不欢喜上的课可以公然不到。这真是学生的幸福病！我的入调养室也是托发疟的福。不幸而疟疾就愈，但我又迁延了几天而出室。出室之后，我想：下次倘得发疟，我决不肯服金鸡纳霜了。

四五百只小猴子关闭在大笼子中，所演的可笑的把戏多得很呢。但我已不能一一记忆当时的详情了。现在我跳出了笼子而在回忆中旁观当时笼内的生活，觉得可笑。但当身在笼中的时候，只觉得可悲与可怕。我初入学校，曾经一两个月的不快与悲哀。我不惯于这笼中的猴子的生活，而眷恋我的庭帏。自念从此以后，只有在年假和暑假的二三个月内得在家中做人，其余大部分的日月是做猴子的时间了。但为了求学，这又是不可避免的事。求学必须如此的吗？这疑团在我的心中始终不释。

到现在，我脱离学生生活已经十三四年了。但昔日的疑团在我心中依然不去。那种可悲可怕的感情，也依旧可以再现。我每逢看到了或想起了关于学生生活的状况，犹如惊弓之鸟，总觉得害怕。上回我到上海，赴某学校访问一位在那里做教师的朋友，蒙他引导我到他的卧室中去谈话。通过学生宿舍的时候，我看见一个开着门的寝室中，排列着许多床铺，一律上起蚊帐，叠好被头。地板上只有极整齐的板缝的并行线，没有半点东西，很像图书馆的藏书室，全不像人所住宿的地方。当我通过这寝室门口的时候，我的朋友对我说：“这里的宿舍办得还整齐呢，你看！”我漫应了一声。但想起他这句话的代价，十多年前在母亲膝前送尽了愉逸的假期而重到学校宿舍中时所感到的那种黯然的情绪再现在我的心头了。又如这一回，我结束了母亲的葬事，为了要写这些稿子，匆匆离开故乡，回到嘉兴的寺院一般静寂的寓居中。同舟的有两个孩子和我姐的儿子（立达学园高中科学生周志道君。他因为寒假期满，故来我家送了他的外祖母的葬，便搭了我的船，同到嘉兴，预备次日乘火车赴江湾上学）。我在舟中非常愉快，因为我已经结束了平生最后的一件大事，现在是坐了自己独雇的船，悠悠地开到我所欢喜的寺院一般静寂的寓居中。但对着同舟的青年又感到黯然的情绪，因为我用自己的心来推度他的心，觉得他现在是在他母亲膝前送尽了愉逸的假期而整装赴校，又将开始我所认为可悲可怕的寄宿舍生活了。故到寓的第一日，我的兴味为他减杀了一半。我似又不便要他一同享乐我的家庭生活。例如在火炉上煨些年糕，煎些茶，或向园地里拔些萝卜，割些黄芽菜，是我的家庭中的无上的乐趣。但想起了我的外甥不能长久和我们共乐，而且此去将开始严格的学生生活，我的兴趣就被对他的同情所阻抑，不能充分地展开了。虽然我明知道他对于家庭生活和学校生活的感情不一定和我一样。但这好比闲步于车站之旁，在栅栏外面旁观急急忙忙地上车下车的旅客。对他们摆出悠闲的态度来，似乎是残忍的行为。

廿十（1931）年二月十三日于嘉兴

第二章 随感

我往往觉得山水间的生活，因为需要不便而菜根更香，豆腐更肥。因为寂寥而邻人更亲。

颜面

我小时候从李叔同先生学习弹琴，每弹错了一处，李先生回头向我一看。我对于这一看比什么都害怕。当时也不自知其理由，只觉得有一种不可当力，使我难于消受。现在回想起来，方知他这一看的颜面表情中历历表出着对于音乐艺术的尊敬，对于教育使命的严重，和对于我的疏忽的惩诫，实在比校长先生的一番训话更可使我感动。古人有故意误拂琴弦，以求周郎的一顾的；我当时实在怕见李先生的一顾，总是预先练得很熟，然后到他面前去还琴。

但是现在，李先生那种严肃的慈祥的脸色已不易再见，却在世间看饱了各种各样的奇异的脸色。——当作雕刻或纸脸具看时，倒也很有兴味。

在人们谈话议论的座中，与其听他们的言辞的意义，不如看他们颜面的变化，兴味好得多，且在实际上，也可以更深切地了解各人的心理。因为感情的复杂深刻的部分，往往为理义的言说所不能表出，而在“造形的（plastic）”脸色上历历地披露着。不但如此，尽有口上说“是”而脸上明明表出“非”的怪事。聪明的对手也能不听其言辞而但窥其脸色，正确地会得其心理。然而我并不想做这种聪明的对手，我最欢喜当作雕刻或纸脸具看人的脸孔。

看惯了脸，以为脸当然如此。但仔细凝视，就觉得颜面是很奇怪的一种形象。同是两眼，两眉，一口，一鼻排列在一个面中，而有万人各不相同的形式。同一颜面中，又有喜、怒、哀、乐、嫉妒、同情、冷淡、阴险、仓皇、忸怩等千万种表情。凡词典内所有的一切感情的形容词，在颜面上都可表演，正如自然界一切种类的线具足于裸体中一样。推究其差别的原因，不外乎这数寸宽广的浮雕板中的形状与色彩的变化而已。

就五官而论，耳朵在表情上全然无用。记得某文学家说，耳朵的形状最表出人类的兽相。我从前曾经取一大张纸，在其中央剪出一洞，套在一个朋友的耳朵上，而单独地观看耳朵的姿态，久之不认识其为耳朵，而越觉得可怕。这大概是为了耳朵一向躲在鬓边，素不登颜面表情的舞台的缘故。只有日本文学家芥川龙之介对于中国女子的耳朵表示敬意，说玲珑而洁白像贝壳。然耳朵无论如何美好，也不过像鬓边的玉兰花一类的装饰物而已，与表情全无关系。实际，耳朵位在脸的边上，只能当作这浮雕板的两个环子，不入浮雕范围之内。

生機
子愷畫

在浮雕的版图内，鼻可说是颜面中的北辰，固定在中央。眉、眼、口，均以它为中心而活动，而作出各种表情。眉位在上方，形态简单；然与眼有表里的关系，处于眼的伴奏者的地位。演奏“颜面表情”的主要旋律的，是眼与口。二者的性质又不相同：照顾恺之的意见，“传神写照，正在阿堵之中”，故其画人常数年不点睛，说“点睛便欲飞去”，则眼是最富于表情的。然而口也不差：肖像画的似否，口的关系居多；试用粉笔在黑板上任意画一颜面，而仅变更其口的形状，大小，厚薄，弯度，方向，地位，可得各种完全不同的表情。故我以为眼与口在颜面表情上同样重要：眼是“色的”，口是“形的”。眼不能移动位置，但有青眼白眼等种种眼色；口虽没有色，但形状与位置的变动在五官中最为剧烈。倘把颜面看作一个家庭，则口是男性的，眼是女性的，两者常常协力而作出这家庭生活中的诸相。

然更进一步，我就要想到颜面构造的本质的问题。神造人的时候，颜面的创作是根据某种定理的，抑任意造出的？即颜面中的五官形状与位置的排法是必然的，抑偶然的？从生理上说来，也许是合于实用原则的，例如眉生在眼上，可以保护眼；鼻生在口上，可以帮助味觉。但从造形上说来，不必一定，苟有别种便于实用的排列法，我们也可同样地承认其为颜面，而看出其中的表情。各种动物的颜面，便得按照别种实用的原则而变更其形状与位置的。我们在动物的颜面中，一样可以看出表情，不过其脸上的筋肉不动，远不及人面的表情的丰富而已。试仔细辨察狗的颜面，可知各狗的相貌也各不相同。我们平常往往以“狗”的一个概念抹杀各狗的差别，难得有人尊重狗的个性，而费心辨察它们的相貌。这犹之我小时候初到上海，第一次看见西洋人，觉得面孔个个一样，红头巡捕尤其如此。我的母亲每年来上海一二次，看见西洋人总说“这个人又来了”。实则西洋人与印度人看我们，恐怕也是这样。这全是黄白异种的缘故，我们看日本人或朝鲜人就没有这种感觉。这异种的范围推广起来，及于禽兽的时候，即可辨识禽兽的相貌。所以照我想来，人的颜面的形状与位置不一定要照现在的排法，不过偶然排成这样而已。倘变换一种排法，同样地有表情。只因我们久已看惯了现在状态的颜面，故对于这种颜面的表情，辨识力特别丰富又精细而已。

至于眼睛有特殊训练的艺术家，尤其是画家，就能推广其对于颜面表情的辨识力，而在自然界一切生物及无生物中看出种种的表情。“拟人化（personification）”的看法即由此而生。在桃花中看出笑颜，在莲花中看出粉脸，又如德国理想派画家勃克林，其描写波涛，曾画魔王追扑一弱女，以象征大波的吞没小浪，这可谓拟人化的极致了。就是非画家的普通人，倘能应用其对于颜面的看法于一切自然界，也可看到物象表情。有一个小孩子曾经发现开盖的洋琴（piano，即钢琴）的相貌好像露出一口整齐而洁白的牙齿的某先生，Waterman[①] 的墨水瓶姿态像邻家的肥胖的妇人。我叹佩这孩子对造形的敏感。孩子比大人，概念弱而直观强，故所见更多拟人的印象，容易看见物象的真相。艺术家就是学习孩子们这种看法的。

① 华特门，一种墨水的牌子名（原系人名）。

艺术家要在自然中看出生命，要在一草一木中发现自己，故必推广其同情心，普及于一切自然，有情化一切自然。

这样说来，不但颜面有表情而已；无名的形状，无意义的排列，在明者的眼中都有表情，与颜面表情一样地明显而复杂。中国的书法便是一例。西洋现代的立体派等新兴美术又是其一例吧？

一九二八年耶稣圣诞前十日在江湾缘缘堂

儿戏

楼下忽然起了一片孩子们暴动的声音。他们的娘高声喊着："两只雄鸡又在斗了，爸爸快来劝解！"我不及放下手中的报纸，连忙跑下楼来。

原来是两个男孩在打架：六岁的元草要夺九岁的华瞻的木片头，华瞻不给，元草哭着用手打他的头；华瞻也哭着，双手擎起木片头，用脚踢元草的腿。

我放下报纸，把身体插入两孩子的中间，用两臂分别抱住了两孩子，对他们说："不许打！为的啥事体？大家讲！"元草竭力想摆脱我的手臂而向对方进攻，一面带哭带嚷地说："他不肯给我木片头！他不肯给我木片头！"似乎这就是他打人的正当理由。华瞻究竟比他大了三岁，最初静伏在我的臂弯里，表示不抵抗而听我调解，后来吃着口声辩：“这些木片头原是我的！他要夺，我不给，他就打我！”元草用哭声接着说：“他踢我！”华瞻改用直接交涉，对着他说：“你先打！”在旁作壁上观的宝姐姐发表意见：“轻句还重句，先打呒（方言，意为“没有”）道理！”背后另一个又发表一种舆论：“君子开口，小人动手！”我未及下评判，元草已猛力退出我的手臂，突然向对方袭击。他们的娘看我排解无效，赶过来将元草擒去，抱在怀里，用甘言骗住他。我也把华瞻抱在怀里，用话抚慰他。两孩子分别占据了两亲的怀里，暴动方始告终。这时候，“五香……豆腐干”的叫声在后门外亲切地响着，把脸上挂着眼泪的两孩子一齐从我们的怀里叫了出去。我拿了报纸重回楼上去的时候，已听到他们复交后的笑谈声了。

但我到了楼上，并不继续看报。因为我看刚才的事件，觉得比看报上的国际纷争直截明了得多。我想：世间人与人的对待，小的是个人对个人，大的是团体对团体。个人对待中最小的是小孩对小孩，团体对待中最大的是国家对国家。在文明的世间，除了最小的和最大的两极端而外，人对人的交涉，总是用口的说话来讲理，而不用身体的武力来相打的。例如要掠夺，也必用巧妙的手段；要侵占，也必立巧妙的名义：所谓“攻击”也只是辩论，所谓“打倒”也只是叫喊。故人对人虽怀怨害之心，相见还是点头握手，敷衍应酬。虽然也有用武力的人，但“君子开口，小人动手”，开化的世间是不通行用武力的。其中唯有最小的和最大的两极端不然：小孩对小孩的交涉，可以不讲理，而通行用武力来相打；国家对国家的交涉，也可以不讲理，而通行用武力来战争。战争就是大规模的相打。可知凡物相反对的两极端相通似，或相等。国际的事如儿戏，或等于儿戏。

一九三二年

惜春

不多天之前我在这里赞颂垂条的杨柳。现在柳条早已婆娑委地，杨花也已开始飘荡，春光将尽，我又来这里谈惜春的话了。

“惜春”这个题目何等风雅！古人的诗词里以此为题的不可胜计；今人也还在那里为此赋诗填词。绿肥红瘦，柳昏花冥，杜鹃啼血，流水飘红，再加上羁人、泪眼、伤心、断肠、离愁、酒病……惜春这件事主客观两方面应有的雅词，已经被前人反复说尽，我已无可再说了。现在为什么取这个题目来作文呢？也不过应应时，在五月号的杂志里写一个及时的题目，表面上好看些。这好比编小学教科书：秋季始业的，前几课讲月亮，蟋蟀，桂花，果实，农人割稻，以及双十节。后几课讲棉衣，火炉，

流光容易把人抛红了樱桃绿了芭蕉
子恺

做糕，落雪，以及贺年。春季始业的，前几课讲菜花，桃花，蝌蚪，种牛痘，以及总理忌辰，后几课讲杀苍蝇，灭蚊虫，吃瓜，乘凉，以及热天的卫生。似乎那些小学生个个是一年生的动物，在秋天不知有春，在春天不知有秋，所以非讲目前的情状不可的。我的读者不是小学生，其实不一定要讲目前的情状。但是随笔总得随我的笔，我的笔又总得随我的近感。我握笔为这杂志写这篇随笔的时候，但念不多天之前刚刚写了一篇赞颂初生的杨柳的文章，现在柳条早已婆娑委地，杨花也早已开始飘荡，觉得时光的过去真快得可惊！这其间一个多月的时光，我不知干了些什么。这一点近感便是我得这篇随笔的本意。题目不妨写作“惜时光”。但现在的时光是春天，也不妨写作“惜春”。

去年的春天，我曾在这杂志里谈过春天的冷暖不匀，晴雨无定，以及种种不舒服。故春去在我不觉得足惜。所可惜者，只是时光的一去不返，不可挽留。我们好比乘坐火车，自己似觉静静地坐着，不曾走动一步，车子却载了你在那里飞奔，不知不觉之间，时时刻刻在那里减短你的前程。我曾经立意要不花钱，一天到晚坐在屋里，果然一钱也不花。我曾经立意要不费力，一天到晚躺在床里，果然一些力也不费。我曾经立意要不费电，晚上不开电灯，果然一度电也不费。我也曾经立意要不费时间，躲在床角里不动。然而壁上的时辰钟“的格的格”地告诉我，时间管自在那里耗费。于是我想，做了人真像“骑虎之势”，无法退缩或停留，只有努力地惜时光，积极地向前奋斗，直到时间的大限的来到。

生活上的苦闷和不幸，有时能使人对于时光觉得不可惜而可嫌，盼望它快些过去的。然而这是例外。人生总希望快乐。快乐的时间总希望其不要过得太快。回忆自己的学生时代，最快乐的时间是假期。星期六、星期日和纪念日小快乐，春假、年假和暑假大快乐。这也是世间一件矛盾的怪事：平常出了钱总希望多得几分货；只有读书，出了学费只希望少上几天课。试看假期前晚的学生们的狂喜，似觉他们所希望的最好是只缴学费而永不上课。于此足见读书这件事不是平常的买卖。不然，这件事正像史蒂芬生（斯蒂文生）的《自杀俱乐部》中的青年的行为：一面缴了四十镑的会费而做自杀俱乐部会员，一面又在抽签时热望自己永不抽着当死的签。试看星期一早上躺在床上的学生的尴尬脸孔，或暑假开学前一天的学生的没精打采，似觉他们对于赴校上课这件事看得真同赴死一样可怕。其实原是他们自己来寻死的。

我幼时在暑假的前几天感觉非常欢喜，好像有期徒刑的囚犯将被开释似的。又怀抱着莫大的希望，忙里偷闲地打算假期中的生活，整理假期中所要看的书籍。我想象五六十天的假期，似觉时光非常悠长，有无数的事件好干，无数的书可读，有无数时光可以和弟弟共戏，还有无数的余闲可和邻家的小朋友玩耍。本学期中欠熟达的功课，满望在这悠长的假期中习得完全精通。平日所希望修习而无暇阅读的书籍，在假期前都特地买好，满望在这悠长的假期中完全读毕。还有在教科书里看到的种种科学玩意儿，在校因没有时间和工具而未曾试作的，也都挑选出来，抄写在笔记簿上，满望在悠长的假期中完全作成，和弟弟们畅快地玩耍。五六十天的假期，在我望去好像一只宽紧带结成的袋子，不拘多少东西，尽管装得进去。

放假的一天，我背了这只宽紧带结成的无形大袋子而欣然地回家。回到半年不见的家里，觉得样样新鲜，暂把这无形的大袋搁一搁再说。初到的几天因为路途风霜，当然完全休息。后来多时不见的姑母来作客了，母亲热诚地招待她，假期中的我当然奉陪，闲谈几天。后来姑母邀请我去作客，母亲说我年年出门求学，难得放假回家，至亲至眷应该去访问访问，我一去就是四五天乃至六七天。回家又应该休息几天。后来，天气太热，中了暑发些轻痧，竹榻上一困又是几天。病起又休息几天。本镇有戏文，当然去看几天。戏文场上遇见几位小学时代的同学，多时不见，留着款待几天。送往了同学，迎来了一年不见的二姐，姐丈，和外甥们，于是杀鸡置酒，大家欢聚半个月乃至二十天。二姐回家时带了我去，我这回作客一去又是四五天乃至六七天。回家当然又是休息几天。屈指一算，离暑假开学已经只有十来天了。横竖如此，这十来天索性闲玩过去吧。到了开学的前一天，我整理行装，看见于假前所记录着的一纸假期工作表，所准备着的一束假期应读的书，所选定着的假期中拟制之玩具的说明图，都照携回家时的原样放置在网篮里，搁置在书桌旁的两只长凳上，上面积着厚厚的一层灰尘。蹉跎的懊恼和乐尽的悲哀交混在我的心头，使我感到一种不可名状的不快。次日带了这种不快而辞家到校，重新开始那囚犯似的学校生活。

第二次假期前几天，我仍是那样地欢喜，再结起一只宽紧带的大袋子来，又把预定的假期工作多多益善地装进去，背了它欣然地回家。我的意思以为第一次没有经验，安排得不好，以致蹉跎过去；这回我定要好好地安排：客人不必多应酬，或竟不见；作客少住几天，或竟不去；戏不应该看；病不应该生。这样安排，一定有许多书好看，许多事可做。然而回到家里，不知怎样一来，又同第一次一样，这里几天，那里几天，距开学又只十来天了。于是再带了蹉跎的懊恼和乐尽的悲哀所混成的一种不可名状的不快而整理行装，离家到校。

这样的经验反复了数次，我方才悟到预期的不可靠与事实的无可奈何，于是停止这种如意算盘。青年人少不更事，往往向美丽的未来中打很大的如意算盘。他们以为假期有五六十天的悠长的日月，看薄薄的几册书，算什么呢？然而日子自己会很快地过去，而书的 Page（页）不会自动地翻过。宽紧带的袋子看似可以无限地装得进去，但毕竟是硬装的，原来的容量其实很小。我经验了几次如意算盘的失败之后，才知道凡事须靠现在努力工作。现在工作一小时，得益一小时，工作二小时，得益二小时。与其费心于未来的预期，不如现在拿这点工夫来用功。以后每逢假期，我不再准备假期工作。遵守西洋格言 Work while work，play while play（英国谚语，大意是：该玩时痛快地玩，该工作时专心工作）的教训，我预备玩过一暑假。却不意在暑假中也看完了几部小说。开学时回顾，好像得了一笔意外的收入，格外愉快。

青年们在校时不用功，往往预期出校后自行补修；或者在就业后抽闲补习。他们打定了这个如意算盘之后，在校时索性不用功了。他们想：出校后岁月悠长，无拘无束，横竖要从头补修过！现在索性放弃吧。但

滿山红葉女郎樵
子愷畫

是，据我所见，他们这预期往往同我的假期工作的预期同一运命，总是不会实践的。他们没有预计到出校后的种种烦忙，同我没有预计到假期回家后的种种应酬一样。职业、生计、恋爱、婚姻、子女……种种人事拥挤在他们出校后的日月中，使他们没有工夫补修在校时未了的课业。试看社会上就业的成人们的学问知识，恐怕十人中有九人所有的只是青年时代在学校中所收得的一点。靠出校后自己补修而增进学识的，十人中不过一人而已。可知青年求学时代所获得的一点学识，是人生教养的基本。后来的见闻虽然也使你增进些知识，但只是枝叶，人生修养的基本只限于青年求学时代所得的一点。

我自己青年时代没有好好地受教育，年长后常感知识不全之苦。几何三角的问题我不会解，物理化学的公式我看不懂，专门科学的书我都读不下去。屡次希望补修，至今不能实践。古人云："看来四十犹如此，便到百年已可知。"我离四十只有两年，大概此生不会有能解三角几何问题，能懂物理化学公式，能读专门科学书籍的日子了！人生倘有来世，我的来世倘能投人，投了人倘能记忆这篇文章，我定要好好地度送我的青年时代，多收得些学识，造成一个人生的巩固的基础。我此生中的青年已经过去，无法挽回，只有借了惜春的题目，在这里痛惜一下算了。假如这些话能给正在青年期的读者们一些警励，那便似以前在假期中看完了几部小说，好像得了一笔意外的收入，格外愉快。

廿四（1935）年四月八日为《中学生》作

云霓

这是去年夏天的事。

两个月不下雨。太阳每天晒十五小时。寒暑表中的水银每天爬到百度[1]之上。河底处处向天。池塘成为洼地。野草变作黄色而矗立在灰白色的干土中。大热的苦闷和大旱的恐慌充塞了人间。

室内没有一处地方不热。坐凳子好像坐在铜火炉上。按桌子好像按着了烟囱。洋蜡烛从台上弯下来，弯成磁铁的形状，薄荷锭在桌子上放了一会，旋开来统统溶化而蒸发了。狗子伸着舌头伏在桌子底下喘息，人们各

① 百度，指华氏度。

占住了一个门口而不息地挥扇。挥得手腕欲断，汗水还是不绝地流。汗水虽多，饮水却成问题。远处挑来的要四角钱一担，倒在水缸里好像乳汁，近处挑来的也要十个铜板一担，沉淀起来的有小半担是泥。有钱买水的人家，大家省省地用水。洗过面的水留着洗衣服，洗过衣服的水留着洗裤，洗过裤的水再留着浇花。没有钱买水的人家，小脚的母亲和数岁的孩子带了桶到远处去扛。每天愁热愁水，还要愁未来的旱荒。迟耕的地方还没有种田，田土已硬得同石头一般。早耕的地方苗秧已长，但都变成枯草了。尽驱全村的男子踏水，先由大河踏进小河，再由小河踏进港汊，再由港汊踏进田里。但一日工作十五小时，人们所踏进来的水，不够一日照临十五小时太阳的蒸发。今天来个消息，西南角上的田禾全变黄色了；明天又来个消息，运河岸上的水车增至八百几十部了。人们相见时，最初徒唤奈何："只管不下雨怎么办呢？""天公竟把落雨这件事根本忘记了！"但后来得到一个结论，大家一见面就惶恐地相告："再过十天不雨，大荒年来了！"

此后的十天内，大家不暇愁热，眼巴巴的只望下雨。每天一早醒来，第一件事是问天气。然而天气只管是晴，晴，晴……一直晴了十天。第十天以后还是晴，晴，晴……晴到不计其数。有几个人绝望地说："即使现在马上下雨，已经来不及了。"然而多数人并不绝望：农人依旧拼命踏水，连黄发垂髫都出来参加。镇上的人依旧天天仰首看天，希望它即刻下雨，或者还有万一的补救。他们所以不绝望者，为的是十余日来东南角上天天挂着几朵云霓，它们忽浮忽沉，忽大忽小，忽明忽暗，忽聚忽散，

雲霓
子愷畫

向人们显示种种欲雨的现象，维持着它们的一线希望，有时他们升起来，大起来，黑起来，似乎义勇地向踏水的和看天的人说："不要失望！我们带雨来了！"于是踏水的人增加了勇气，愈加拼命地踏，看天的人得着了希望，欣欣然有喜色而相与欢呼："落雨了！落雨了！"年老者摇着双手阻止他们："喊不得，喊不得，要吓退的啊。"不久那些云霓果然被吓退了，它们在炎阳之下渐渐地下去，少起来，淡起来，散开去，终于隐伏在地平线下，人们空欢喜了一场，依旧回进大热的苦闷和大旱的恐慌中。每天有一场空欢喜，但每天逃不出苦闷和恐怖。原来这些云霓只是挂着给人看看，空空地给人安慰和勉励而已。后来人们都看穿了，任它们五色灿烂地飘游在天空，只管低着头和热与旱奋斗，得过且过地度日子，不再上那些虚空的云霓的当了。

这是去年夏天的事。后来天终于下雨，但已无补于事，大荒年终于出现。农人啖着糠粞，工人闲着工具，商人守着空柜，都在那里等候蚕熟和麦熟，不再回忆过去的旧事了。

我现在为什么在这里重提旧事呢？因为我在大旱时曾为这云霓描一幅画。现在从大旱以来所作画中选出民间生活描写的六十幅来，结集为一册书，把这幅《云霓》冠卷首，就名其书为《云霓》。这也不仅是模仿《关雎》《葛覃》，取首句作篇名而已，因为我觉得现代的民间，始终充塞着大热似的苦闷和大旱似的恐慌，而且也有几朵"云霓"始终挂在我们的眼前，时时用美好的形态来安慰我们，勉励我们，维持我们生活前途的一线希望，与去年夏天的状况无异。就记述这状况，当作该书的代序。

记述既毕，自己起了疑问：我这《云霓》能不空空地给人玩赏吗？能满足大旱时代的渴望吗？自己知道都不能。因为这里所描的云霓太小了，太少了。似乎这几朵怎能沛然下雨呢？恐怕也只能空空地给人玩赏一下，然后任其消沉到地平线底下去的吧。

画集《云霓》（天马版）代序，
二十四（1935）年三月十九日作

梦耶真耶

我小时候对于梦的看法，和中年后对于梦的看法大不相同，甚至相反。

很小的时候，大约五六岁以前，好像是不做梦的，或者是做了就忘记的。那时候还不知人事，完全任天而动。饥则啼，饱则喜，乐则笑，倦则睡。白天没有什么妄想，夜里也不做什么梦；就是做梦，也同饥饱啼笑一样地过后即忘。七八岁以后，我初入私塾读书，方才知道人生有做梦的一件事体。但常把真和梦混在一起，辨不清楚。有时做梦先生放假，醒来的时候便觉欢喜。有时做梦跟邻家的小朋友去捉蟋蟀，次日就去问他讨蟋蟀来看。这大概是因为儿时对于自己的生活全然没有主张或计划，跟了时地的变化和大人的指使而随波逐流地过去，与做梦没有什么分别的原故。

入了少年时代，我便知道梦是假的，与真的生活判然不同。但对于做梦这一件事，常常觉得奇怪而神秘。怎么独自睡在床里会同隔离的朋友见面、说话、游戏，又跑到很远的地方去呢？虽然事实已证明其为假，但我心中还想不通这个道理。做了青年，学了科学，我才知道这是心理现象的一种，是完全不足凭的假象。我听见有人骂一个乞丐说："你想发财，做梦！"又听见母亲念的《心经》中有一句叫做"远离颠倒梦想"，更知世人对于梦的看法：做梦是假的，荒唐而不合情理的。所以乞丐想做官发财类于做梦。所以修行的人要远离颠倒梦想。真的事实和梦正反对，是真的，切实而合乎情理的。

我在三十岁以前，对于"真"和"梦"两境一直作这样的看法。过了三十岁，到了三十五岁的今日（《东方杂志》向我征稿的今日），我在心中拿起真和梦两件事来仔细辨认一下，发现其与从前的看法大不相同，几成正反对。从前我同世人一样地确信"真"为真的，"梦"为假的，真伪的界限判然。现在这界限模糊起来，使我不辨两境孰真孰假，亦不知此生梦耶真耶。从前我确信"真"为如实而合乎情理，"梦"为荒唐而不合情理。现在适得其反：我觉得梦中常有切实而合乎情理的现象。而现世家庭、社会、国家、国际的事，大都荒唐而不合理。我深感做人不及做梦的快适。从前我读到陆放翁的诗：

苦爱幽窗午梦长，

此中与世暂相忘。

今朝風日好或恐有人來
子愷

华山处士如容见，

不觅仙方觅睡方。

曾经笑他与世“暂”相忘，何足“苦爱”？但现在我苦爱他这首诗，觉得午梦不够，要作长夜之梦才好。假如觅得睡方，我极愿重量地吞服一剂，从此优游于梦境中，永远不到真的世间来了。

怎见得两境真假的界限模糊呢？我以为“真”的真与“梦”的假，都不是绝对的，都是互相比较而说的。一则“梦”的历时比“真”的历时短些，人们就指“梦”为假。二则“真”的幻灭（就是死）比“梦”的幻灭（就是醒）不易看见，人们就视“真”为真。三则梦中的状况比他世的状况变幻不测些，人们就说做梦是假的。四则世间的事过后都可拿出实物来作凭据，梦中的事过后成空，拿不出确实的凭据来，人们就认世间为真的。其实，这所谓真假全不是绝对的性质，皆由比较而来；其理由如下：（一）梦与真的历时长短，拿音乐来比方，不过像三十二分音符对全音符，久暂虽异，但同在“时间”的旋律中消失过去，岂有永远不休止的音符？（二）每天朝晨醒觉时看见“梦”的幻灭，但每人临终时也要看见“真”的幻灭，不过前者经验的次数多些，后者每人只经验一次罢了。（三）讲到状况的变幻不测，人世的运命岂有常态可测？语云：“今日不知明日事，上床忽别下床鞋。”人世的变幻不测与梦境有何两样？就最近的时事看：内乱的起伏，党派的纠纷，都非我民意料之所及；“一二八”淞沪战事的突发，上海的灾民谁都说是“梦想不到的”。我战后来到上海，有好几次看见了闸北的一大片焦土而认真地疑心自己是在做梦呢。（四）

"世间的事过后都可拿出实物来作凭据，梦中的事过后成空，拿不出确实的证据来。"这话只能在世间说，你的百年大梦醒觉以后，再向哪里去拿实物来证明世间的事的真实呢？到了大梦一觉的时候，恐怕你要说"世间的事过后成空，拿不出确实的证据来"了。反之，若在梦中说话，也可以说"梦中的事过后都可拿出（梦中的）实物来作凭据"的。我们在世间认真地做人，在梦中也认真做梦。做了拾钞票的梦会笑醒来，做了遇绑匪的梦会吓出一身大汗。我曾做过写原稿的梦，觉得在梦中为梦中的读者写稿同在现世为《东方杂志》的读者写稿一样地辛苦，醒后感到头痛。当时想想真是何苦！早知是假，悔不草率了事。但我现在并不懊悔，因为我确信梦中也有梦中的"世间法"，应该和在现世一样的恪守。不然，我在梦中就要梦魂不安。可知人在梦中都是把梦当作现世一样看待的。反过来也说得通：人在现世常把现世当作梦一样看待，所以有"浮生若梦"的老话。读到"六朝如梦鸟空啼""十年一觉扬州梦"等句，回想自己所遭逢的衰荣兴废，离合悲欢，真觉得同做梦一样！凡人的"生涯原是梦"，岂独"神女"而已哉。

这样说来，梦和真两境，可说都是真的，也可说都是假的，没有绝对的真假的区别。所以我不辨两者孰真孰假，亦不知此生梦耶真耶。

怎见得梦中常有切实而合乎情理的现象，而现世的事反多荒唐不合情理呢？这道理是显明的。古人云："昼有所思，夜梦其事。"昼之所思，是我的希望，我的理想，故夜梦大都是与我的生活切实相关而合乎情理的。现世的事便不然，自家庭、社会，以至国家，满目是荒唐而不合情

漸入佳境
子愷畫

理的现象。人的希望与理想往往在现世一时不能做到，而先在梦中实行。“黄帝昼寝而梦游于华胥氏之国”，“后二十有八年，天下大治，几若华胥氏之国”；孔子在乱臣贼子的春秋时代“梦见周公”；自来去国怀乡，以及男女相恋的人，都在梦中圆满其欲望而实行其合理的生活。“梦里不知身是客，一晌贪欢”；“故园此去千余里，春梦犹能夜夜归”；“重门不锁相思梦，随意绕天涯”。这种梦何等痛快！“打起黄莺儿，莫教枝头啼；啼时惊妾梦，不得到辽西。”这思妇分明是有耽乐于梦的生活，而在那里“寻梦”了。

同是虚幻，何必细论其切实与荒唐，合情理与不合情理，快适与不快适？总之，我中年以来对于真和梦，不辨孰真孰假，因而不知我生梦耶真耶。我不能忘记《齐物论》中的话：“不知周之梦为蝴蝶与？蝴蝶之梦为周与？”又常常想起晏几道的词：

> “从别后，忆相逢，几回魂梦与君同。今宵剩把银釭照，犹恐相逢是梦中。”

可惜这银釭有些靠不住，怎知他不是梦中的银釭呢？安得宇宙间有个标准的银釭，让我照一照人生的真相看？

二十一（1932）年十二月五日于石门湾

山水间的生活

我家迁住白马湖上后三天，我在火车中遇见一个朋友，对我这样说："山水间虽然清静，但物质的需要不便之外，住家不免寂寞，办学校不免闭门造车，有利亦有弊。"我当时对于这话就起一种感想，后来忙中就忘却了。

现在春晖在山水间已生活了近一年了，我的家庭在山水间已生活了一月多了。我对于山水间的生活，觉得有意义，又想起了火车中的友人的话。写出我的几种感想在下面。

我曾经住过上海，觉得上海住家，邻人都是不相往来，而且敌视的。我也曾做过上海的学校教师，觉得上海的繁华和文明，能使聪明的明白人得到暗示和觉悟，而使悟力薄弱的人收到很恶的影响。我觉得上海虽热闹，实在寂寞，山中虽冷静，实在热闹，不觉得寂寞。就是上海是骚扰的寂寞，山中是清静的热闹。

在火车里的几小时，是在这社会里四五十年的人生的缩图。座位被占，提包被偷等恐慌，就是生活恐慌的缩形。倘嫌山水间的生活的寂寞，而慕都会的热闹，犹之在只乘四五个相熟的人的火车里嫌寂寞，要往别的拥挤着的车子里去。如果有这样的人，他定是要描写拥挤的车子而去观察的小说家，否则是想图利去的 pickpocket（扒手）。

我在教授图画唱歌的时候，觉得以前曾在别处学过图画唱歌的人最难教授，全然没有学过的人容易指导。同样，我觉得在社会里最感到困难的是“因袭的打破难”。许多学校风潮，许多家庭悲剧，许多恶劣的人类分子，都是“因袭的罪恶”，何尝是人间本身的不良。因袭好比遗传，永不断绝。新文化一次输入因袭旧恶的社会里，仿佛注些花露水在粪里，气味更难当。再输入一次，仿佛在这花露水和粪里再注入些香油，又变一种臭气。我觉得无论什么改造，非先除去因袭的恶弊终归越弄越坏。在山水间的学校和家庭，不拘何等孤僻，何等少见闻，何等寂寥，“因袭的传染的隔远”和“改造的容易入手”是实实在在的事实。

我从前往往听见人讲到子弟求学或职业等问题，都说：“总要出上海[①]！”听者带着一种对于将来生活的恐慌的自警的态度默应着。把这等

① 出上海，指到上海去。

话的心理解剖起来，里面含着这样的几个要素：(一)上海确是文明地，冠盖之区，要路津。(二)少年应当策高足，先据这要路津。(三)这就是吾人应走的前途。所谓闭门造车，也是具有这样的内容的话。怀着这样的思想的人，是因袭的奴隶，是因袭的维持者。

闭门造车，是指说不符合门外的轨道的大小，造了不能在门外的轨道上运行的车。行车一定要在已成的轨道上吗？这已成的轨道确是引导我们走正路的吗？有了车不能造轨道的吗？在这“闭门造车”一句话里，分明表示着人们的依赖、因袭，和创造力多么薄弱。

不造则已，如果要造车，一定非闭门造不可。如果依照已成的轨道而造，所造出的车子和以前已有的车子一样，就在已成的轨道上随波逐流地去了。即使已有的车子是好的，已成的轨道是正的，造车的效力也不过加多了车，不是造车的进步。何况已有的车子或者不好，已成的轨道或者不正呢？

“好久不到都会了，好久不看报了，退步了。”这样说的人也有。实在，进步是前进的意思，进步越快，离社会越远，离社会越远，进步越深(这是厨川白村说的)。子路说道：“吾过矣，吾离群而索居，亦已久矣。”这便是子路所以为子路。

“山水间生活，有利亦有弊”，这大概是指清静、空气新鲜、生活程度低等是利。需要不便、寂寞、闭门造车等是弊。这是要计较两方的利弊长短而取舍的意思。这话的内容和“新思想并不恶、时势变更了不得已而然的。但从前的习惯一概不好，也不能说”的话同是乡愿的话。

这话的变形，就是“凡物都有明暗两方面的”。这话固然不错。但我觉得明暗是一体的。非但如此，明是因为有暗而益明的。仿佛绘画，明调子因暗调子而益美，暗调子因明调子而也美了。断不是明面好，暗面不好。如果取明而弃暗。就是 Ruskin（罗斯金）所谓：“自然像日光和阴影相交一般混合着优劣两种要素，使双方相互地供给效用和势力的。所以除去阴影的画家，定要在他自己造出来的无荫的沙漠里烧死！”

爱一物，是兼爱它的阴暗两方面。否，没有暗的明是不明的，是不可爱的。我往往觉得山水间的生活，因为需要不便而菜根更香，豆腐更肥。因为寂寥而邻人更亲。

且勿论都会的生活与山水间的生活孰优孰劣，孰利孰弊。人生随处皆不满，欲图解脱，唯于艺术中求之。

一九二三，五，一四，在小杨柳屋

家住夕陽江上邨一彎流水繞柴門
種來松樹高於屋借與春禽養子孫
子愷

缘

这是前年秋日的事：弘一法师云游经过上海，不知因了什么缘，他愿意到我的江湾的寓中来小住了。我在北火车站遇见他，从他手中接取了拐杖和扁担，陪他上车，来到江湾的缘缘堂，请他住在前楼，我自己和两个孩子住在楼下。

每天晚快天色将暮的时候我规定到楼上来同他谈话。他是过午不食的，我的夜饭吃得很迟。我们谈话的时间，正是别人的晚餐的时间。他晚上睡得很早，差不多同太阳的光一同睡着，一向不用电灯。所以我同他谈话，总在苍茫的暮色中。他坐在靠窗口的藤床上，我坐在里面椅子上，一直谈到窗外的灰色的天空衬出他的全黑的胸像的时候，我方才告辞，他也就歇息。这样的生活，继续了一个月。现在已变成丰富的回想的源泉了。

内中有一次，我上楼来见他的时候，看他脸上充满着欢喜之色，顺手向我的书架上抽一册书，指着书面上的字对我说道：

“谢颂羔居士。你认识他否？”

我一看他手中的书，是谢颂羔君所著的《理想中人》。这书他早已送我，我本来平放在书架的下层。我的小孩子欢喜火车游戏，前几天把这一堆平放的书拿出来，铺在床上，当作铁路。后来火车开毕了，我的大女儿来整理，把它们直放在书架的中层的外口，最容易拿着的地方。现在被弘一法师抽着了。我就回答他说：

“谢颂羔君是我的朋友，一位基督教徒……”

“他这书很好！很有益的书！这位谢居士住在上海吗？”

“他在北四川路底的广学会中当编辑。我是常常同他见面的。”

说起广学会，似乎又使他感到非常的好意。他告诉我，广学会创办很早，他幼时，住在上海的时候，广学会就已成立。又说其中有许多热心而真挚的宗教徒，有一个外国教士李提摩太曾经关心于佛法，翻译过《大乘起信论》。说话归根于对《理想中人》及其著者谢颂羔居士的赞美。他说这种书何等有益，这著者何等可敬。又说他一向不看我书架上的书，今天偶然在最近便的地方随手抽着了这一册。读了很感激，以为我的书架上大概富有这类的书。检点一下，岂知别的都是关于绘画，音乐的日本文的书籍。他郑重地对我说：

“这是很奇妙的‘缘’！”

我想用人工来造成他们的相见的缘，就乘机说道：

“几时我邀谢君来这里谈谈，如何？”

他说，请他来很对人不起。但他脸上明明表示着很盼望的神色。

过了几天，他写了一张横额，“慈良清直”四字，卷好，放在书架上。我晚快上去同他谈话的时候，他就拿出来命我便中送给谢居士。

次日我就怀了这横额来到广学会，访问谢君，把这回事告诉他，又把这横额转送他。他听了，看了，也很感激，就对我说：

“下星期日我来访他。”

这一天，邻人陶载良君备了素斋，请弘一法师到他寓中午餐。谢君和我也被邀了去。我在席上看见一个虔敬的佛徒和一个虔敬的基督徒相对而坐着，谈笑着，我心中不暇听他们的谈话，只是对着了目前的光景而冥想世间的“缘”的奇妙：目前的良会的缘，是我所完成的。但倘使谢君不著这册《理想中人》，或著而不送我，又倘使弘一法师不来我的寓中，或来而不看我书架上的书，今天的良会我也无从完成。再进一步想，这书原来久已埋在书架的下层，倘使我的小孩子不拿出来铺铁路，或我的大女儿整理的时候不把它放在可使弘一法师随手抽着的地方，今天这良会也决不会在世间出现。仔细想来，无论何事都是大大小小，千千万万的“缘”所凑合而成，缺了一点就不行。世间的因缘何等奇妙不可思议！——这是前年秋日的事。

现在谢君的《理想中人》要再版了，嘱我作序。我听见《理想中人》

今夜故人来不来
教人立尽梧桐影
子恺

这一个书名，不暇看它的内容，心中又忙着回想前年秋日的良会的奇缘。就把这回想记在这书的卷首。

一九二九年劳动节子恺记于江湾缘缘堂

第四章

世相

我们看到了这种苦况而发生同情的时候，最感触目伤心的不是穷的大人的苦，而是穷的小孩的苦；大人的苦自己知道，同情者只要分担其半；小孩的苦则自己不知道，全部要归同情者担负。

邻人

前年我曾画了这样的一幅画：两间相邻的都市式的住家楼屋，前楼外面是走廊和栏杆。栏杆交界处，装着一把很大的铁条制的扇骨，彷佛一个大车轮，半个埋在两屋交界的墙里。半个露出在檐下。两屋的栏杆内各有一个男子，隔着那铁扇骨一坐一立，各不相干。画题叫做“邻人”。

这是我从上海回江湾时，在天通庵附近所见的实景。这铁扇骨每根头上尖锐，好像一把枪。这是预防邻人的逾墙而设的。若在邻人面前，可说这是预防窃贼蔓延而设的。譬如一个窃贼钻进了张家的楼上，界墙外有了这把尖头的铁扇骨，他就无法逾墙到隔壁的李家去行窃。但在五方杂处，良莠不齐的上海地方，它的作用一半原可说是防邻人的。住在上海的人有些儿太古风，“打牌猜拳之声相闻，至老死不相往来。”这样，邻人的身家性行全不知道，这铁扇骨的防备原是必要的了。

我经过天通庵的时候，觉得眼前一片形形色色的都市的光景中，这把铁扇骨最为触目惊心。这是人类社会的丑恶的最具体、最明显、最庞大的表象。人类社会的设备中，像法律、刑罚等，都是为了防范人的罪恶而设的；但那种都不显露形迹。从社会的表面上看，我们只见锦绣河山，衣冠文物之邦，一时不会想到其间包藏着人类的种种丑恶。又如城、郭、门、墙，也是为防盗贼而设的。这虽然是具体而又庞大的东西，但形状还文雅、暗藏。我们看了似觉这是与山岭、树木等同类的东西，不会明显地想见人类中的盗贼。更进一步，例如锁，具体而又明显地表示着人类互相防范的用意，可说是人类的丑恶的证据，羞耻的象征了。但它的形象太小，不容易使人注意；用处太多，混迹在箱笼门窗的装饰纹样中，看惯了一时还不容易使人明显地联想到偷窃。只有那把铁扇骨，又具体，又明显，又庞大地表出着它的用意，赤裸裸地宣示着人类的丑恶与羞耻。所以我每次经过天通庵，这件东西总是强力地牵惹我的注意，使我发生种种的感想。造物主赋人类以最高的智慧，使他们做了万物之灵，而建设这庄严灿烂的世界。在自称文明进步的今日，假如造物主降临世间，一一地检点人类的建设，看到锁和那把铁扇骨而查问它们的用途与来历时，人类的回答将何以为颜？对称的形状，均齐的角度，秀美的曲线，是人类文化上最上乘的艺术的样式，把这等样式应用在建筑上，家具上，汽车上，飞机上，原足以夸耀现代人生活的进步；但应用在锁和这铁扇骨上，真有

舊時王謝堂前燕
子愷

些儿可惜。上海的五金店里，陈列着各式各样的“四不灵（Spring，意为弹簧）”锁。有德国制的，有美国制的；有几块钱一把的，有几十块钱一把的；有方的，有圆的，有作各种玲珑的形状的。工料都很精，形式都很美，好像一种徽章。这确是一种徽章，这是人类的丑恶与羞耻的徽章！人类似嫌这种徽章太小，所以又在屋上装起很大的铁扇骨来，以表扬其羞耻。使人一见就可想起世间有着须用这大铁扇骨来防御的人，以及这种人的产生的原因。

我在画上题了“邻人”两字，联想起了“肯与邻翁相对饮，隔篱呼取尽馀杯”的诗句。虽然自己不喝酒，但想象诗句所咏的那种生活，悠然神往，几乎把画中的铁扇骨误认为篱了。

二十一（1923）年十二月十四日

蟹

一个穿白衣服的人手里拿着一只空盆子，口里喊着“客人吃饭，客人吃饭”，摇摇摆摆地走过三等车厢。他的衣服和盆子，他的喊声和步态，都富有广告色彩。我似觉走来的不是一个人，而是一个活的 mannequin（做广告用的人体模型）。

摸出时表一看，六点还差五分，是吃夜饭的时候了。本来，我在火车里不吃饭。因为他们弄的都是荤腥，我不要吃。曾经有一次，一个 mannequin 对我说，他们也会弄素的菜炒饭。但他拿来的是猪油炒的生菜和饭，我闻到气息就要泛胃。幸而有同乘的朋友包办去了，没有兴起交涉，也没有暴殄天物。此后我在火车里抱不吃饭主义。这一次，看见同车

楊柳鳴蜩綠暗荷花落日紅酣
三十六陂春水白頭相見江南
子愷

厢中有人吃牛奶和土司，不免口角生津。等那 mannequin 再走过时，我就照样地定了一杯牛奶和一客土司。

不久货就送到：一只盆子里盛着两片土司，一只有盖、有底、有环的瓷杯里盛着牛奶，杯旁放着四块方糖。我把三块糖放入牛奶中，用匙一搅，觉得底上有沉淀物。捞起一看，原来是未溶水的炼乳。我觉得有些糟。因为我怕甜，平日用糖三块为度。炼乳是含有多量的糖分的，又放进了三块方糖，这杯牛奶不知甜到什么地步了。然而糖已放入，就同覆水一样难收；人生多苦，今天甜他一甜吧。这样一想，也就不觉得糟。

土司是抹好奶油的，倒很便利。我就先吃土司。预备吃完了土司再吃牛奶。

对座是一位三四十岁的男客。从他的相貌、服装和举止上观察，我猜想他是一个商人。额上的头发生得很低，好似戴着便帽。眼睛生得很紧，两眼之间大约只有一个铜板的地位，而且这铜板须得是一分法币。脸的下部有特别丰满的筋肉，保护着一张健全的嘴。脸皮特别红润而光洁，可想见它是常常被使用着的。他的衣服很楚楚，淡蓝色哔叽袍子上罩着元色直贡呢背心，大小长短都相称。两只袖口好像两圈盘香，从淡蓝色的袍子的袖圈到雪白的绒衬衫的袖圈，由外而内，由大而小，渐层地排列着，非常整齐，毫无参差。他的举止很审慎，上了车，先把一笼蟹仔细地放在靠窗的小几的下面，然后用报纸将椅子一揩，再撩起后面的衣裾，用袍子的里子贴切了椅子而坐下去。他把脚适当地靠着在蟹笼的一边，其用意仿佛是防备蟹笼万一被窃，则他虽不看见，也可由脚感知。这样地坐好了，然后用手摸摸车窗下的小几，放心地把右肘搁在小几上，展开一份《新闻报》，热心地"读"。虽在车轮的轧轧声中，他的读报声也能时时传送到我的耳朵里来。

我饮了几口牛奶，正在眺望窗外，嚼着最后一口土司的时候，忽然听见眼前"仓郎"一响。收回视线，但见牛奶泛滥在小几上，一只瓷杯和一个盖在小几上滚，将要超越几边的凸线而滚到地板上去，被我立刻扶持了，没有落地。然而牛奶已经淋漓尽致，湿了我的香烟盒子和自来火和一册英译《阿Q正传》还不够，又沛然莫之能御地流下去，滴在对座客人的衣裾上，和小几下的蟹笼上。推翻这杯牛奶的动力，来自对座客人的右肘，而对座客人的右肘的动力，则来自一只黄蜂。它不知为了什么原因，忽然钻进火车的窗，来停在对座客人的拿着《新闻报》的右手上。虽是这样小小的一个虫，但因身上带着凶器，使我这位谨慎仔细的对座客人也不免惊慌起来，顾不得牛奶或羊奶，右手用力一闪，右肘便把我的牛奶推翻了。但也许他因为热衷于读报，没有知道我有牛奶放在小几上。倘使知道，则牛奶事大，未有不谨防推翻者。我虽未便预先通知他"我有牛奶，请君小心"，但他因为不知而误将牛奶推翻，况且由于闪避黄蜂的袭击，我对他也有几分同情和抱歉。当他仓皇起立，助我扶持瓷杯，涨红着脸勉强作笑，说着"还好，还好，真对不起了！"的时候，我就说"不要紧，不要紧，但你的衣裾弄脏了！"他看看衣裾，眉头一蹙；但好像忽然觉悟了比弄脏衣裾更大的事情，又立刻对我说："我喊他再弄一杯牛奶！"我老实说："不必不必，这牛奶太甜，我本来不大要吃，倒翻算了。"他周章了一会，继续又说："那么等一会归我付钞。"我又老实说："这牛奶我已饮过几口，怎么要你付钞？想法揩揩你的衣裾吧。"这时候那黄蜂不管自己闯祸，还在座间翱翔。它大约是闻得牛奶的气味太香，因此不顾犯罪，恋恋不去。我的对座客连说了许多"对不起"，就用《新闻报》当作扇子，死命地打扑黄蜂，同时口中谩骂起来："娘杀的，还要来？！……"骂得很凶，打扑得很用力。似乎把怪怨我吃牛奶，责备自己不小心，痛惜衣服弄脏等种种愤懑，统统在这谩骂和打扑中发泄了。然而那黄蜂如同不听见一样，管自在车厢里飞来飞去，不肯飞出窗去。它反正是免票乘车的，多乘一站毫无问题。最后它向前面的客座飞去，我的对座客也不再追击。只要我们这里没有黄蜂为害，就同全车厢没有黄蜂为害一样了。他放心地坐下来，开始揩他的衣裾。同时穿白衣服的 mannequin 又来了，我还了他钱，又叫他揩拭小几。

对座的客人揩好了衣裾，向小几下拉出蟹笼来，用报纸揩拭笼上的牛奶，笑着对我说："两只蟹交运，牛奶吃饱了！"我也笑着，把他的话反复了一遍。但觉得太枯燥，不免随便谈谈："这两只蟹倒很大的。几钱一只？"他说："讲分量的，X 分钱一两。"我想："世间无论何事，无经验而要扮假内行是不行的。区区买蟹一事，教我这全无买蟹经验的素食者谈起来就做笑话。原来蟹有大小轻重，不比牛奶可以规定几钱一杯，土司可以规定几钱一客。我今问他几钱一只，显然是外行的话。而且他不曾知道我是素食者，听了我这句孩子气的问话一定在心中窃笑了。当此秋光正好的黄花时节，人们的胃口正开，这几天谁不在那里要蟹的命？谁不关心于

主人醉倒不相劝 客反持杯劝主人
子愷畫

蟹的市价？像我这样的问话实在太不像样了。”然而话已说出，也同覆水一般难收。我接着说：“啊，讲分量的，X分一两，还算便宜的吗？”我不敢再扮内行品评价钱的贵贱，所以接着讲了这句不着边际的问话。他把蟹笼提到我眼前，指着说：“你看，只只是雌蟹，又大又肥，X分一两是很便宜的。我直接向簖上买，比向市上买便宜得多。而且这簖上的人又是熟识的，所以格外便宜。”他非常得意地收回笼子，正要上盖，突然勇敢地对我说：

“我送你两只蟹。”他就伸手到笼里去捉。

“不，不，你自己带回去，我不吃的。”我连忙阻止他。

“蟹哪里不吃？我一定送你两只。”他说着就找绳子。

“我真不吃，我吃素的，请你不必客气吧。”

“吃素的？”他愣了一愣，忽然又高声笑着叫道：“你吃牛奶的！还说吃素？我送你，我送你！”说着，毅然决然地伸手捉蟹了。

“牛奶是素的，但蟹是荤的。”

“哪里？牛奶是素的，蟹也是素的，你吃，你吃！”

“我真不吃，请你一定不要送我。你的好意领谢了。”

“哪里的话？我把你的牛奶倒翻了，还有什么好意？我一定送你。”他把一只很大的蟹用绳缚牢，再捉一只同样大小的重叠在它身上，用余多的绳再缚。同时口里反复地说：“我一定送你，我一定送你。”

我感到一种不快：他把牛奶当作荤的，我颇想辩解，并且告诉他我的长年吃素的经历。然而那人头脑简单，态度顽强，辩解不会有效；况且交浅言深，告诉他也有些不配。他说蟹也是素的，明明是开玩笑，诬我说谎，我觉得有些冤枉。但我即使骗他，他即使冤枉我，都是出于好意的，我又何必认真。还是付之一笑，试再向他婉谢吧。

“请你一定不要送我！我真是不吃蟹的。”我站起来说。

“我一定送你，我一定送你！”他如同听不见我的话一样，管自把缚好的两只蟹挂在我的窗边的帽钩子上了，然后缚他自己的蟹笼。风吹进窗，把蟹嘴上的泡沫吹散下来，好似许多小小的肥皂泡，落在我身上。这时候，我的不快变成了好笑：被人损坏了物质拒绝赔偿，别人不受报时硬要回报，我们这两个真像君子之徒，羲皇上人，同这车厢里的社会对比之下，实在迂腐得可笑。

“唉！那么难为你了，谢谢！”我受了蟹。

“不值钱的！这东西在杭州、上海买，就很贵；但我们在本乡买，价钱便宜，货色又好。尊姓？”自从打翻牛奶以后，他的脸很不自然，直到送掉了两只蟹，方始恢复元气。这时候他意气轩昂，眉飞色舞地同我攀谈起来。尊姓大名，贵府舍间，宝号敝业……一直谈到他的目的地，“再见，再见！”

不久，我也到了我的目的地。我提着两只蟹回寓，就把绳子解开，放它们在庭中的池塘里。以后每天朝晨我在池塘上小立，看见蟹在蕴藻间匐行的时候，必然回想起当日火车中的情形，对着池塘独笑。

廿五（1936）年十月二十日

楼板

记得我小时的事：我们家里那只很低小的厅上正在供起香烛，请六神菩萨。离开蜡烛火焰两尺就是单薄的楼板，楼板上面正是置马桶的地方，有人在便溺的时候，楼下历历可闻其声。当时我已经从祖母及母亲的平日的举动言语间习知菩萨与便溺的相犯。这时候看见了在马桶声底下请六神的情形，就责问母亲，母亲用一个“呸”字批掉我的责问，继续又说：“隔重楼板隔重山。”

当时我并不敢确信“板”的效用如是其大，只是被母亲这“呸”字压倒了。后来我在上海租住房子，才晓得这句古典语的确是至理名言。“隔重楼板隔重山”，上海的空间的经济，住家的拥挤，隔一重板，简直可有

瓜車翻覆 助我者少 啖瓜者多
子愷

交通断绝而气候不同的两个世界，“板”的力竟比山还大。

五六年之前，我初到上海，曾在上海的西门的某里租住人家的一间楼底。楼面与楼底分住两份人家，这回是我初次经验。在我们的故乡，楼上总是卧房，楼下总是供家堂六神的厅，决没有楼上楼下分住两份人家的习惯。我托人找到了这房子，进屋的前两天，自已先去看一次。三开间的一座楼屋，楼上三个楼面是二房东自己住的，楼下左面一间已另有一份人家租住，中央一间正面挂着一张朱柏庐先生治家格言，两壁挂着书画，是公用的客堂，右面一间空着，就是我要租住的。在初到上海的我看来，这实在是一家，我们此后将同这素不相识的两份人家同居，朝夕同堂，出入同门，这是何等偶然而奇妙的因缘。将来我们对这两份人家一定比久疏的亲戚同族要亲近得多，我们一定从此添了两家新的亲友，这是何等偶然而奇妙的因缘。我独自起了这样的心情，就请楼上的二房东下来，预备同他接洽，并作初见的谈话。

一个男子的二房东从楼窗里伸出头来，问我有什么事。我走到天井里，仰起头来回答他说：“我就是来租住这间房间的，要和房东先生谈一谈。”那人把眉头一皱，对我说：

“你租房子？没有什么可谈的。你拿出十二块钱，明天起这房子归你。”

那头就缩了进去。随后一个娘姨出来，把那缩进去的头所说的话对我复述一遍。我心中有点不快，但想租定了也罢，就付他十二块钱，出门去了。

后来我们搬进去住了。虽然定房子那一天我已经见过这同居者的颜色，但总不敢相信人与人的相对待是这样冷淡的，楼板的效用这样大的。偶然在门间或窗际看见邻家的人的时候，我总想招呼他们，同他们结邻人之谊。然而他们的脸上有一种不可侵犯的颜色，和一种拒人的力，常常把我推却在千里之外。尽我们租住这房子的六个月之间，与隔一重楼板的二房东家及隔一所客堂的对门的人家朝夕相见，声音相闻，而终于不相往来，不相交语，偶然在里门口或天井里交臂，大家故意侧目而过，反似结了仇怨。

那时候我才回想起母亲的话，“隔重楼板隔重山”，我们与他们实在分居着空气不同的两个世界，而只要一重楼板就可隔断。板的力比山还大！

1927 年

青山不識我姓氏我亦不識青山名
飛來白鳥似相識對我對山三兩聲
子愷

二学生

暑假中，有两个我所稔熟的中学生各自来访我。甲学生来访时我问他“几时开学？”他回答说：“再过一个月就要开学了！”乙学生来访时我问他“几时开学”。他回答说：“还要一个月才开学呢！”这两句话表露了这两人的性行的不同。我觉得这二人是青年学生性行的两大类型的代表者，就据我所见闻为他们写照如下：

甲学生今年十七岁，但其沉着苍白的脸色，朴素简陋的服饰，可以使人误猜他是二十岁了。他脸上极难得有笑容。大家齐声笑乐的时候，他偏偏不笑。倘有人把自己以为可笑的话说给他听，说过之后把眼睛盯住他，看他笑不笑，那时他就更加不肯笑了。反之，在宿舍里，或在教室里，别人认真地谈话，或认真地讲解问难的时候，他们的一句一字，有时会使他一个人掩口葫芦，弄得别人大家不解。实则他所笑的，有时是讲话者的口头禅，别人所不注意而他所独感兴味的。有时是他自己脑中的回想，不是目前出现的事情，根本不能使别人共感。他在人丛中既不笑乐，又沉默不语，好像是聋且哑的。逢到有人问他一句话，他不得不回答时，也仅说寥寥数语，甚或只说然否二字，而且这然否二字也轻微得不易听到，全靠点头或摇头的动作帮助着使人理解的。因此同学都当他特殊人看。有的同学向众人揶揄，逢到他就不侵犯；有的同学拉大家出去胡闹，放他一个人独在室中，而大家视为当然，从没有一个人提出“为什么除外他”的话。同学中有人不得已而要同他讲一句话，就得换一种口气与态度，恭敬地向他启请。但也并非特别敬重他，只是当他特殊人看。好比他们是一群中国人，而他是住在这群中国人中的一个外国人。中国人大家用国语自由谈天，他一概听不懂，不闻不问。中国人要对他谈话，须得改用外国语调，简要地问答一下就完了。他呢，就好像一个不谙熟中国语的外国人；逢到别人有问，只能简单地说一句答语；逢到自己万不得已而要问别人一声，那就十分困难，他的从来难得听到的喉音，以及生硬的语调，往往使满座静默，十目注视，仿佛发生了特别事件一般。同时他的脸孔就涨红了，好像做了一件极难为情的事。

他在众人前说话如此困难，但是说也奇怪，他在一二知友或家人前，是一个雄辩家！但这雄辩家的出现，须在星期六晚上，人迹不到的校园里；一二知己朋友的面前，或者校外的僻静处，同着一二知己散步的时候，这一二知己，在他真是唯一唯二的朋友；但他们倒并非同他一样性格的人。他们除他以外还有许多朋友，闲常也混在众人队里；只是他们的性格中备有某种要素，因此能获得和他的交际。他们深知道他，在闲常，当众人前，轻轻地隐隐地同他说话，他也轻轻地隐隐地回答，大类在翁姑伯叔面前的新郎新娘。等到背了众人，他就像新娘进了房里一般，有说有笑地和新郎讲起情话来。他有见识，有决断，有主张，而且还能雄辩地批评世间一切的事，以及他的对手的言行。当他伴着一二知己躲在僻静的房间里纵谈的时候，你倘在壁上钻一个洞，偷偷地看他的态度，听他的说话，你一定要惊诧，误认他是另一个人了。

他嫌恶一切共同生活。共食的时候看他最不自由，往往疗饥似的吃了些饭，第一个离席。开同乐会的时光，可不到的他就不到，必须到会时就难为了他。因为如前所说，他对于别人认为可笑可乐的事，都不感兴味。只在别人欢笑的旁边枯坐了几小时，闷闷地退出。他不欢喜穿制服。可不穿时，尽量地不穿。非穿不可的时候，不自然地套在身上，领头折了也不管，钮扣脱了也不管，仿佛故意显出制服的恶点来，为他的不愿穿辩护。总之，他是一个个性很强而落落寡合的孤独者。他把生活力全部发泄在书本里，所以学业成绩多是甲上。他来访我时，总是跟他父亲同来。我从他的父亲和同学处知道他的性行。

乙学生今年十九岁。但其嬉皮笑脸的神气，短小精悍的身材，齐齐整整的衣服，可以使人误猜他只有十五六岁。有时他的崭新的制服的口袋上，装着闪亮的一个笔套夹，脚上穿着一双闪亮的黑皮鞋，头上生着一对闪亮的黑眼睛，独自跑来访我。我骤见他时觉得眼睛发耀，心中暗赞“好一个翩翩少年！”他一见我就带笑带说，笑个不休，说个不休，但说得不教听者讨厌。每逢我想对他说话的时候，他会敏捷地收住自己的话头，怡颜悦色地听我说话，中间随时加以爽快的答应。但当我抽烟，喝茶，或说得口乏而想停下来的时候，他的话就巧妙地补衬上来，以防相对沉默的寂寞。我对他提出什么话，没有说完，他的嘴巴已表出说“是呀！”的姿势。有时不禁使我想象：“假如我对他说‘今天太阳从西方出来的呀！’他也会接上一个‘是的！’来。”然而这也不过极言其说话之和悦。其实，他并非人云亦云，或阿人所好。只为他懂得说话技法，要表示反对的时候，也从赞成入手，旁征远引地说出他反对的意见来，使听者不得不同意他。他到我家一二次，就同我家的孩子们都稔熟，好像旧相识的。连我家的老妈子也同他谈得很投机，每次殷勤地倒茶给他吃。他到我家如此，在学校里的行状便可想见。

我从他的先生及同学处，知道他是全校第一个交际家。他没有一个知己，但没有一个同学不是他的好朋友。同学会里有什么兴行，他是总干事。学生个人间发生了什么问题，他是调解者，慰安者，帮助者。他知道一切同学的兴行、习惯、生活，以及在校外的行动，甚至家庭间的状况。他仿佛是一个学校里的包探。同学之外，教师的家里有几个人，茶房每年可赚多少钱等事他也都知道。所以他的生活很忙，不大有自修的工夫。

其实，他即使有空的时间，也雅不欲埋头“读死书”。他常用巧妙的谦虚的言词，对众人表明他对于求学的意见，隐隐地指摘“读死书”之无

倦旅
子愷畫

用。他的话是这样：“世间有两种书，一种是纸做的，一种是人做的。像你们，聪明的人，有能力读破万卷纸做的书，原可以埋头用功。像我，既无聪明，又不耐劳，埋头纸做的书中，一生也读不好，等于自杀。像我这样又笨又懒的人，进了学校只能读人做的书。先生的教训，同学的交游，以及我所对付的一切人，都是我的书。”这类的话说得对方既欢喜，自己又体面。于是他就实行他的求学政策。晚上自修的时间，他只在先生来督看的一会儿时间内作些必不可少的自修。例如要交卷的东西，他只得草草地写起来。要背诵的东西，他只得硬记一下。其他都可在上课时间内临时预备。等到先生走开了，他也就走开，走到谈得上话的同学那里，拉了他出自修室，到阅报室里去谈话。谈话同志越多越好。有时幸而集了一群人，在阅报室里，他插身其间如鱼得水，浑身畅快。他对于阅报室感情特别好，不仅为了每晚可作他的谈话室，正因为室中有的是报纸，满载着他所最关心的国家大事，社会新闻。他们可以随手指着报纸上的某一事件，作为谈话的引子。若是外交问题，他的谈论比大使更雄辩。若是内政问题，他的批评可以压倒一切要人。若是民事问题，他的裁判活像一位法官。若没有先生干涉，他们会谈到就寝。有时熄灯后和几个同志偷偷地走出寝室，到先生听不到的地方去作夜谈。

吃饭的时候，他往往是最后出食堂的人。有人以为他是大饭量，其实冤枉。他每餐所吃的饭不多，只是吃得十分缓慢。缓慢的用意，就是要等多数人吃毕而去，然后纠合几个健饭健谈的同志，添些儿菜，从容地且谈且吃。然而在学校的食堂里，这事到底行得不痛快。故他所最盼望的是假日的撇兰花（在一张纸上画了许多线条，在线脚上注明多少不等的钱数，然后把钱数卷藏了。请各人各选一根线头。发开线脚来看，各人依注明的数目出钱去买食物共吃，叫作撇兰花）。他们或者拿撇来的钱买了各种糖果在校里吃，或者多撇些儿，大家上饭菜馆去，那更吃得畅快，谈得尽情。

然而我知道，他的欢喜约了人聚吃，并非征逐饮食，目的在于交际。因为他平素不贪吃，不饮酒，且反对饮酒，曾经在演讲比赛会中讲过“饮酒之害”这题目，大意说：酒能使人脑筋糊涂，非有为青年所宜饮。有害卫生还在其次。又说：中国之贫弱，非关于人民体格不强，实由于人民脑筋糊涂，只顾自己而不管国事之故。说得满堂师友大家拍手。拿演讲比赛的锦标送给他。他有这般的交际手腕和这般的荣誉，因此全校上下对他都有好感。只有他的级任教师微微不满于他，说他的学业成绩太差了。这也难怪，他事务这般忙，哪有工夫对付学业？能够保住六十分，不留级，已是亏他的了。总之，他在人类社会中是像皮球一般圆滑周转的一个人。除了睡眠以外，他几乎没有片刻的孤独生活。“与众乐乐”，“善与人同，乐取于人以为善”，这种古话都可送给他作座右铭。他可以访我时必来访我。有时坐片刻就去，如他所说，是“专诚来望望”我的。我从他自己及他的父亲、先生和同学处知道他的性行。

现在离开学很近，恐怕这几天甲学生有些儿怅惘，而乙学生在那儿高兴了。

廿四（1935）年立秋

陋巷

杭州的小街道都称为巷。这名称是我们故乡所没有的。我幼时初到杭州，对于这巷字颇注意。我以前在书上读到颜子“居陋巷，一箪食，一瓢饮”的时候，常疑所谓“陋巷”，不知是甚样的去处。想来大约是一条坍圮、龌龊而狭小的弄，为灵气所钟而居了颜子的。我们故乡尽不乏坍圮、龌龊、狭小的弄，但都不能使我想象做陋巷。及到了杭州，看见了巷的名称，才在想象中确定颜子所居的地方，大约是这种巷里。每逢走过这种巷，我常怀疑那颓垣破壁的里面，也许隐居着今世的颜子。就中有一条巷，是我所认为陋巷的代表的。只要说起陋巷两字，我脑中会立刻浮出这巷的光景来。其实我只到过这陋巷里三次，不过这三次的印象都很清楚，现在都写得出来。

第一次我到这陋巷里，是将近二十年前的事。那时我只十七八岁，正在杭州的师范学校里读书。我的艺术科教师 L 先生（李叔同先生）似乎嫌艺术的力道薄弱，过不来他的精神生活的瘾，把图画音乐的书籍用具送给我们，自己到山里去断了十七天食，回来又研究佛法，预备出家了。在出家前的某日，他带了我到这陋巷里去访问 M 先生（马一浮先生）。我跟着 L 先生走进这陋巷中的一间老屋，就看见一位身材矮胖而满面须髯的中年男子从里面走出来迎接我们。我被介绍，向这位先生一鞠躬，就坐在一只椅子上听他们的谈话。我其实全然听不懂他们的话，只是断片地听到什么“楞严”“圆觉”等名词，又有一个英语“philosophy（哲学）”出现在他们的谈话中。这英语是我当时新近记诵的，听到时怪有兴味。可是话的全体的意义我都不解。这一半是因为 L 先生打着天津白，M 先生则叫工人倒茶的时候说纯粹的绍兴土白，面对我们谈话时也作北腔的方言，在我都不能完全通用。当时我想，你若肯把我当作倒茶的工人，我也许还能听得懂些。但这话不好对他说，我只得假装静听的样子坐着，其实我在那里偷看这位初见的 M 先生的状貌。他的头圆而大，脑部特别丰隆，假如身体不是这样矮胖，一定负载不起。他的眼不像 L 先生的眼纤细，圆大而炯炯发光，上眼帘弯成一条坚致有力的弧线，切着下面的深黑的瞳子。他的须髯从左耳根缘着脸孔一直挂到右耳根，颜色与眼瞳一样深黑。我当时正热衷于木炭画，我觉得他的肖像宜用木炭描写，但那坚致有力的眼线，是我的木炭所描不出的。我正在这样观察的时候，他的谈话中突然发出哈哈的笑声。我惊奇他的笑声响亮而愉快，同他的话声全然不接，好像是两个人的声音。他一面笑，一面用炯炯发光的眼黑顾视到我。我正在对他作绘画的及音乐的观察，全然没有知道可笑的理由，但因假装着静听的样子，不能漠然不动；又不好意思问他“你有什么好笑”而请他重说一遍，只得再假装领会的样子，强颜作笑。他们当然不会考问我领会到如何程度，但我自己问心，很是惭愧。我惭愧我的装腔作笑，又痛恨自己何以听不懂他们的话。他们的话愈谈愈长，M 先生的笑声愈多愈响，同时我的愧恨也愈积愈深。从进来到辞去，一向做个怀着愧恨的傀儡，冤枉地被带到这陋巷中的老屋里来摆了几个钟头。

第二次我到这陋巷，在于前年，是做傀儡之后十六年的事了。这十六七年之间，我东奔西走地糊口于四方，多了妻室和一群子女，少了一个母亲；M 先生则十余年如一日，长是孑然一身地隐居在这陋巷的老屋里。我第二次见他，是前年的清明日，我是代 L 先生送两块印石而去的。我看见陋巷照旧是我所想象的颜子的居处，那老屋也照旧古色苍然。M 先生的音容和十余年前一样，坚致有力的眼帘，炯炯发光的黑瞳，和响亮而愉快的谈笑声。但是听这谈笑声的我，与前大异了。我对于他的话，方言不成问题，意思也完全懂得了。像上次做傀儡的苦痛，这回已经没有，可是另感到一种更深的苦痛：我那时初失母亲——从我孩提时兼了父职抚育我到成人，而我未曾有涓埃的报答的母亲。痛恨之极，心中充满了对于无常的悲愤和疑惑。自己没有解除这悲和疑的能力，便堕入了颓唐的状态。我只想跟着孩子们到山巅水滨去 picnic（郊游），以暂时

春光先到野人家
子愷

忘却我的苦痛，而独怕听接触人生根本问题的话。我是明知故犯地堕落了。但我的堕落在我所处的社会环境中颇能隐藏。因为我每天还为了糊口而读几页书，写几小时的稿，长年除荤戒酒，不看戏，又不赌博，所有的嗜好只是每天吸半听美丽牌香烟，吃些糖果，买些玩具同孩子们弄弄。在我所处的社会环境中的人看来，这样的人非但不堕落，着实是有淘剩①的。但M先生的严肃的人生，显明地衬出了我的堕落。他和我谈起我所作而他所序的《护生画集》，勉励我；知道我抱着风木之悲，又为我解说无常，劝慰我。其实我不须听他的话，只要望见他的颜色，已觉羞愧得无地自容了。我心中似有一团“剪不断，理还乱”的丝，因为解不清楚，用纸包好了藏着。M先生的态度和说话，着力地在那里发开我这纸包来。我在他面前渐感局促不安，坐了约一小时就告辞。当他送我出门的时候，我感到与十余年前在这里做了几小时傀儡而解放出来时同样愉快的心情。我走出那陋巷，看见街角上停着一辆黄包车，便不问价钱，跨了上去。仰看天色晴明，决定先到采芝斋买些糖果，带了到六和塔去度送这清明日。但当我晚上拖了疲倦的肢体而回到旅馆的时候，想起上午所访问的主人，热烈地感到畏敬的亲爱。我准拟明天再去访他，把心中的纸包打开来给他看。但到了明朝，我的心又全被西湖的春色所占据了。

第三次我到这陋巷，是最近一星期前的事。这回是我自动去访问的。M先生照旧孑然一身地隐居在那陋巷的老屋里，两眼照旧描着坚致有力

---

① 淘剩，作者家乡话，意即出息。

的线而炯炯发光，谈笑声照旧愉快。只是使我惊奇的，他的深黑的须髯已变成银灰色，渐近白色了。我心中浮出“白发不能容宰相，也同闲客满头生”之句，同时又悔不早些常来亲近他，而自恨三年来的生活的堕落。现在我的母亲已死了三年多了，我的心似已屈服于“无常”，不复如前之悲愤，同时我的生活也就从颓唐中爬起来，想对“无常”作长期的抵抗了。我在古人诗词中读到“笙歌归院落，灯火下楼台”，“六朝旧时明月，清夜满秦淮”，“白头宫女在，闲坐说玄宗”等咏叹无常的文句，不肯放过，给它们翻译为画。以前曾寄两幅给M先生，近来想多集些文句来描画，预备作一册《无常画集》。我就把这点意思告诉他，并请他指教。他欣然地指示我许多可找这种题材的佛经和诗文集，又背诵了许多佳句给我听。最后他翻然地说道:“无常就是常。无常容易画，常不容易画。”我好久没有听见这样的话了，怪不得生活异常苦闷。他这话把我从无常的火宅中救出，使我感到无限的清凉。当时我想，我画了《无常画集》之后，要再画一册《常画集》。《常画集》不须请他作序，因为自始至终每页都是空白的。这一天我走出那陋巷，已是傍晚时候。岁暮的景象和雨雪充塞了道路。我独自在路上彷徨，回想前年不问价钱跨上黄包车那一回，又回想二十年前作了几小时傀儡而解放出来那一会，似觉身在梦中。

一九三三年一月十五日于石门湾

穷小孩的跷跷板

有一个人写一封匿名信给我，信壳上左面但写“寄自上海法租界”。信上说:“近来在《自由谈》上，几乎每天能见到你的插画。(中略)前数天偶然看见几个穷小孩在玩。他们的玩法，我意颇能作你的画稿的材料。而且很合你向来的作风。现在特地贡献给你，以备采纳。此祝康健。一个敬佩你的读者上。七，十一。”后面又附注：“小孩的玩法——先把一条长凳放置地上。再拿一条长凳横跨在上面。这样二个小孩坐在上面一张长凳的两端，仿跷跷板的玩法，一高一低的玩着。”

这是一封“无目的”的无头信。推想这发信人是纯为画的感兴所迫而写这封信给我的。在扰扰攘攘的今世，这也可谓一件小小的异闻。

新阿大
舊阿二
破阿三
補阿四
子愷畫

我闭了眼睛一看，觉得这匿名的通信者所发现的，确是我所爱取的画材。便乘兴背摹了一幅。这两个穷小孩凭了他们的小心的智巧，利用了这现成的材料，造成了这具体而微的运动具。在贫民窟的环境中，这可说是一种十分优异的游戏设备了。我想象这两个穷小孩各据板凳的一端而一高一低地交互上下的时候，脸上一定充满了欢笑。因为他们是无知的幼儿，不曾梦见世间各处运动场里专为儿童置办的种种优良的幸福的设备，对于这简陋的游戏已是十分满足了。这种游戏的简陋，和这两个小孩的穷苦，只有我们旁人感到，他们自己是不知道的。

因此我想到了世间的小孩苦。在这社会里，穷的大人固然苦，穷的小孩更苦！穷的大人苦了，自己能知道其苦，因而能设法免除其苦。穷的小孩苦了，自己还不知道，一味茫茫然地追求生的欢喜，这才是天下之至惨！

闻到隔壁人家饭香，攀住了自家的冷灶头而哭着向娘要白米饭吃。看见邻家的孩子吃火肉粽子，丢掉了自己手里的硬蚕豆而嚷着“也要！”老子落脱了饭碗头回家，孩子抱住了他带回来的铺盖而喊“爸爸买好东西来了！”老棉絮被头上了当铺，孩子抱住了床里新添的稻柴束当洋囡囡玩。讨饭婆背上的孩子捧着他娘的髻子当皮球玩，向着怒骂的不布施者嘤嘤地笑语。——我们看到了这种苦况而发生同情的时候，最感触目伤心的不是穷的大人的苦，而是穷的小孩的苦；大人的苦自己知道，同情者只要分担其半；小孩的苦则自己不知道，全部要归同情者担负。那攀住自己的冷灶头而向娘要白米饭吃的孩子，以为锅子里总应有饭，完全没有知道他老子种出来的米，还粮纳租早已用完，轮不着自己吃了。那丢掉了硬蚕豆而嚷着也要火肉粽子的孩子，只知道火肉粽子比硬蚕豆好吃，他有得吃，我也要吃，全不知道他娘做女工赚来的钱买米还不够。那抱住了老子的铺盖而喊“爸爸买好东西来了”的孩子，只知道爸爸回家总应该有好东西带来，全不知道社会已把他们全家的根一刀宰断，不久他将变成一张小枯叶了。那抱住了代棉被用的稻草柴当洋囡囡玩的孩子，只觉今晚眠床里变得花样特别新鲜，全不想到这变化的悲哀的原因和苦痛的结果。讨饭婆子背上的孩子也只是任天而动地玩耍嬉笑，全不知道他自己的生命托根在这社会所不容纳的乞丐身上，而正在受人摈斥。看到这种受苦而不知苦的穷的小孩，真是难以为情！这好比看见初离襁褓的孩子牵住了尸床上的母亲的寿衣而喊“要吃甜奶”，我们的同情之泪，为死者所流者少，而为生者所流者多。八指头陀咏小孩诗云：“骂之惟解笑，打亦不生嗔。”目前的穷人，多数好比在无辜地受骂挨打：大人们知道被骂被打的苦痛，还能呻吟，叫喊，挣扎，抵抗；小孩们却全不知道，只解嘻笑，绝不生嗔。这不是世间最凄惨的状态吗？

比较起上述的种种现状来，我们这匿名的通信者所发现的穷小孩的游戏，还算是幸福的。他们虽然没有福气入学校，但幸而不须跟娘去捡煤屑，不须跟爷去捉狗屎，还有游戏的余暇。他们虽然不得享用运动场上为小孩们特制的跷跷板，但幸而还有这两只板凳，无条件地供他们当作运动具的材料。

只恐怕日子过下去，不久他的爷娘要拿两条板凳去换米吃，要带这两个孩子去捡煤屑，捉狗屎了。到那时，我这位匿名的通信者所发现，和我的所画，便成了这两个穷小孩的黄金时代的梦影。

廿三（1934）年七月十四日

第五章 故人

有时我屏绝思虑，注视着她那天真烂漫的脸，心情就会迅速地退回到六十多年前的儿时，尝到人生的本来滋味。

旧地[1]重游

旧地重游，以前所惯识的各种景物争把过去的事情告诉我，使我耳目不暇应接，心情不胜感慨。我素不喜重游旧居之地，便是为此。但到了不得已的时候，也只得硬着头皮，带着赴难似的心情去重游。前天又为了不得已之故，重到旧地。诗人在这当儿一定可以吟几句。我也想学学看，但觉心绪缭乱，气结不能言，遑论做诗？只是那迎人的柳树使我忆起了从前在不知什么书上读过的一首古人诗："此地曾居住，今年宛如归。可怜汶上柳，相见也依依。"

① 旧地，指浙江省嘉兴市。

借問酒家何處有
牧童遙指杏花邨
子愷

这二十个字在我心中通过，心绪似被整理，气也通畅得多了。

次日上午，朋友领我到了旧时所惯到的茶楼上，坐在旧时所惯坐的藤椅里。便有旧时惯见的茶伙计的红肿似的手臂，拿了旧时所惯用的茶具来，给我们倒茶。这里是楼上的内室。室中只设五桌座位，他们称之为“雅座”。茶钱比他处贵，外室和楼上每壶十一个铜元，这里要十六个铜元。因这原故，雅座常很清静。外室和楼下充满了紫铜色的脸，翡翠色的脸，和愤恨不平的话声时，你只要走上扶梯，钻进一个环门，就有闲静的明窗净几。有时空无一人，专等你来享用；有时窗下墙角疏朗朗地点缀着几个小白脸，金牙齿，或仁丹须，静静地在那里咬瓜子，或者摆腿。这好比超过了红尘而登入仙境。五个铜板的法力大矣哉。以前我住在此地的时候，每次到这茶楼，未尝不这样赞叹。这回久别重到，适值外室和楼下极闹而雅座为我们独占，便见脸盆大的五个铜板出现在我的眼前了。我们替茶店打算，这里虽然茶钱贵了五个铜板，但是比较起外面来，座位疏，设备贵，顾客少。照外面的密接的布置，这块地方有十桌可摆，这里只摆五桌。外面用圆凳，这里用藤椅子。外面座客常满，这里空的时候多。三路的损失决不止五个铜板。这雅座显然是蚀本生意。这样想来，我们和小白脸，金牙齿，仁丹须的清福，全是那紫铜色的脸，翡翠色的脸和愤恨不平的话声所惠赐的。

我注视桌面，温习那旧时所看熟的木纹的模样。那红肿似的手臂又提了茶罐出现在我的眼前。手臂上面有一张笑口正在对我说话：

“老先生，长久不到了。近来出门？”

“嘿嘿，长久不到了，我已经搬走了，今天是来作客的。”

“啊，搬走了！怪不得老客人长久不到了。”

“这房间都是老客人吗？”

“嗳，总是这几位先生。难得有生客。”

“我看这里空的时候多，你们怎么开销？”

“嗳，生意是全靠外面的，不过长衫班的先生请过来，这里座位清爽些。哈哈！”

他一面笑，一面把雪白的热手巾分送给我们，并加说明：

“这毛巾都是新的，旧的都放在外面用。”

啊，他还记忆着我旧时的习惯。我以前不欢喜和别人共用毛巾。这习惯的由来，最初是一种特殊的癖，后来是怕染别人的病，又后来是因为自己患沙眼，怕把这“亡国之病”传给别人。所以出门的时候，严格地拒绝热手巾。这茶伙计的热手巾也曾被我拒绝过。我不到这茶楼已将两年了，他还记忆着我的习惯。在这点上他可说是我的知己。其实，近来我这习惯，已经移改。因为我觉得严防传染病近于迷信，又觉得严防“亡国之病”未必可以保国，这特殊的癖就渐渐消除。况且我这知己用了这般殷勤体贴的态度而把雪白的热手巾送到我手里，却之不恭。我便欣然地接受而享用了。雪白，火热的一团花露水香气扑上我的面孔，颇觉快适。但回味他的说话，心中又起一种不快之感，这些清静的座位，雪白的毛巾，原来是茶店老板特备给当地的绅士先生们享用的。像我，一个过路的旅客，不过穿件长衫，今天也来掠夺他们的特权，而使外面的人们用我所用旧的毛巾，实在不应该，同时我也不愿意。但这茶伙计已经知道我是过路的客人。他只为了过去的旧谊而浪费这种殷勤，我对于他这点纯洁的人情是应该恭敬地领谢的。

我送还他毛巾的时候说了一声“谢谢你！”但这三个字在这环境之下用得很不恰当。那人惊异地向我一看。然后提了茶罐和毛巾走出环门去。他的背影的姿态突然使我回复了两年前的心情。似觉这两年间的生活是做一个梦，并未过去。

归家的火车十二点钟开。我在十一点半辞别了我的朋友而先下茶楼。走过通达我的旧寓的小路口，望见里面几株杨柳正在向我点头。似乎在告诉我：“一架图书和一群孩子在这柳阴深处的老屋里等你归去呢！”我的脚几乎顺顺地跨进了小路。终于踏上马路向车站这方面去了。

二十二（1933）年五月七日

南颖访问记

南颖是我的长男华瞻的女儿。七月初有一天晚上，华瞻从江湾的小家庭来电话，说保姆突然走了，他和志蓉两人都忙于教课，早出晚归，这个刚满一岁的婴孩无人照顾，当夜要送到这里来交祖父母暂管。我们当然欢迎。深黄昏，一辆小汽车载了南颖和他父母到达我家，住在三楼上。华瞻和志蓉有时晚上回来伴她宿；有时为上早课，就宿在江湾，这里由我家的保姆英娥伴她睡。

第二天早上，我看见英娥抱着这婴孩，教她叫声公公。但她只是对我看看，毫无表情。我也毫不注意，因为她不会讲话，不会走路，也不哭，家里仿佛新买了一个大洋囡囡，并不觉得添了人口。

初步
子愷

大约默默地过了两个月，我在楼上工作，渐渐听见南颖的哭声和学语声了。她最初会说的一句话是"阿姨"。这是对英娥有所要求时叫出的。但是后来发音渐加变化:"阿呀"，"阿咦"，"阿也"。这就变成了欲望不满足时的抗议声。譬如她指着扶梯要上楼，或者指着门要到街上去，而大人不肯抱她上来或出去，她就大喊"阿呀！阿呀！"语气中仿佛表示："阿呀！这一点要求也不答应我！"

第二句会说的话是"公公"。然而也许是"咯咯"，就是鸡。因为阿姨常常抱她到外面去看邻家的鸡，她已经学会"咯咯"这句话。后来教她叫"公公"，她不会发鼻音，也叫"咯咯"；大人们主观地认为她是叫"公公"，欢欣地宣传："南颖会叫公公了！"我也主观地高兴，每次看见了，一定抱抱她，体验着古人"含饴弄孙"之趣。然而我知道南颖心里一定感到诧异:"一只鸡和一个出胡须的老人，都叫做'咯咯'，人的语言真奇怪！"

此后她的语汇逐渐丰富起来：看见祖母会叫"阿婆"；看见鸭会叫"Ga – Ga"；看见挤乳的马会叫"马马"；要求上楼时会叫"尤尤（楼楼）"；要求出外时会叫"外外"；看见邻家的女孩子会叫"几几（姊姊）"。从此我逐渐亲近她，常常把她放在膝上，用废纸画她所见过的各种东西给她看，或者在画册上教她认识各种东西。她对平面形象相当敏感：如果一幅大画里藏着一只鸡或一只鸭，她会找出来，叫"咯咯""Ga—Ga"。她要求很多，意见很多；然而发声器官尚未发达，无法表达她的思想，只能用"嗯，嗯，嗯，嗯"或哭来代替言语。有一次她指着我案上的文具连叫“嗯，嗯，嗯，嗯”。我知道她是要那支花铅笔，就对她说：“要笔，是不是？”她不嗯了，表示是。我就把花铅笔拿给她，同时教她：“说‘笔’！”她的嘴唇动动，笑笑，仿佛在说：“我原想说‘笔’，可是我的嘴巴不听话呀！”

在这期间，南颖会自己走路了。起初扶着凳子或墙壁，后来完全独步了；同时要求越多，意见越多了。她欣赏我的手杖，称它为“都都”。因为她看见我常常拿着手杖上车子去开会，而车子叫“都都”，因此手杖也就叫“都都”。她要求我左手抱了她，右手拿着拐杖走路。更进一步，要求我这样地上街去买花。这种事我不胜任，照理应该拒绝。然而我这时候自己已经化作了小孩，觉得这确有意思，就鼓足干劲，一手抱着孩子，一手拿着拐杖，走出里门，在人行道上慢慢地踱步。有一个路人向我注视了一会，笑问：“老伯伯，你抱得动么？”我这才觉悟了我的姿态的奇特：凡拿手杖，总是无力担负自己的身体，所以叫手杖扶助的；可是现在我左手里却抱着一个十五六个月的小孩！这矛盾岂不可笑？

她寄居我家一共五个多月。前两个多月像洋囡囡一般无声无息；可是后三个多月她的智力迅速发达，眼见得由洋囡囡变成了一个人，一个全新的人。一切生活在她都是初次经验，一切人事在她都觉得新奇。记得《西青散记》的序言中说：“予初生时，怖夫天之乍明乍暗，家人曰：昼夜也。怪夫人之乍有乍无，家人曰：生死也。”南颖此时的观感正是如此。在六十多年前，我也曾有过这种观感。然而六十多年的世智尘劳早已把它磨灭殆尽，现在只剩得依稀仿佛的痕迹了。由于接近南颖，我获得了重温远昔旧梦的机会，瞥见了我的人生本来面目。有时我屏绝思虑，注视着她那天真烂漫的脸，心情就会迅速地退回到六十多年前的儿时，尝到人生的本来滋味。这是最深切的一种幸福，现在只有南颖能够给我。三个多月以来我一直照管她，她也最亲近我。虽然为她相当劳瘁，但是她给我的幸福足可以抵偿。

她往往不讲情理，恣意要求。例如当我正在吃饭的时候定要我抱她到“尤尤”去；深夜醒来的时候放声大哭，要求到“外外”去。然而越是恣意，越是天真，越是明显地衬托出世间大人们的虚矫，越是使我感动。所以华瞻在江湾找到了更宽敞的房屋，请到了保姆，要接她回去的时候，我心中发生了一种矛盾：在理智上乐愿她回到父母的新居，但在感情上却深深地对她惜别，从此家里没有了生气篷勃的南颖，只得像杜甫所说：“寂寞养残生”了。那一天他们准备十点钟动身，我在九点半钟就悄悄地拿了我的“都都”，出门去了。

我十一点钟回家，家人已经把壁上所有为南颖作的画揭去，把所有的玩具收藏好，免得我见物怀人。其实不必如此，因为这毕竟是“欢乐的别离”；况且江湾离此只有一小时的旅程，今后可以时常来往。不过她去后，我闲时总要想念她。并不是想她回来，却是想她作何感想。十七八个月的小孩，不知道世间有“家庭”“迁居”“往来”等事。她在这里由洋囡囡变成人，在这里开始有知识；对这里的人物、房屋、家具、环境已经熟悉。她的心中已经肯定这里是她的家了。忽然大人们用车子把她载到另一个地方，这地方除了过去晚上有时看到的父母之外，保姆、房屋、家具、环境都是陌生的。“一向熟悉的公公、阿婆、阿姨哪里去了？一向熟悉的那间屋子哪里去了？一向熟悉的门巷和街道哪里去了？这些人物和环境是否永远没有了？”她的小头脑里一定发生这些疑问。然而无人能替她解答。

我想用事实来替她证明我们的存在，在她迁去后一星期，到江湾去访问她。坐了一小时的汽车，来到她家门前。一间精小的东洋式住宅门口，新保姆抱着她在迎接我。南颖向我凝视片刻，就要我抱，看看我手里的“都都”。然而目光呆滞，脸无笑容，很久默默不语，显然表示惊奇和怀疑。我推测她的小心里正在想：“原来这个人还在。怎么在这里出现？那间屋子存在不存在？阿婆、阿姨和‘几几’存在不存在？”我要引起她回忆，故意对她说：“‘尤尤’，‘公公’，‘都都’，‘外外’，‘买花花’。”她的目光更加呆滞了，表情更加严肃了，默默无言了很久。我想这时候她的小心境中大概显出两种情景。其一是：走上楼梯，书桌上有她所见惯的画册、笔砚、烟灰缸、茶杯；抽斗里有她所玩惯的显微镜、颜料瓶、图章、打火机；四周有特地为她画的小图画。其二是：电车道旁边的一家鲜花店、一个满面笑容的卖花人和红红绿绿的许多花；她的小手手拿了其中的几朵，由公公抱回家里，插在茶几上的花瓶里。但不知道这时候她心中除了惊疑之外，是喜是悲，是怒是慕。

我在她家逗留了大半天，乘她沉沉欲睡的时候悄悄地离去。她照旧依恋我。这依恋一方面使我高兴，另一方面又使我惆怅：她从热闹的都市里被带到这幽静的郊区，笼闭在这沉寂的精舍里，已经一个星期，可能尘心

星期六之夜
子愷畫

渐定。今天我去看她，这昙花一现，会不会促使她怀旧而增长她的疑窦？

我希望不久迎她到这里来住几天，再用事实来给她证明她的旧居的存在。

翠拂行人首
子愷

三娘娘

我的船停泊在小桥堍的小杂货店的门口，已经三天了。每次从船舱的玻璃窗中向岸上眺望，必然看见那小杂货店里有一位中年以上的妇人坐在凳子上“打绵线”。后来看得烂熟，不须写生，拿着铅笔便能随时背摹其状。我从她的样子上推想她的名字大约是三娘娘。就这样假定。

从船舱的玻璃窗中望去，三娘娘家的杂货店只有一个板橱和一只板桌。板橱内陈列着草纸，蚊虫香和香烟等。板桌上排列着四五个玻璃瓶，瓶内盛着花生米糖果等。还有一只黑猫，有时也并列在玻璃瓶旁。难得有一个老人或一个青年在这店里出现，常见的只有三娘娘一人。但我从未见过有人来三娘娘的店里买物。每次眺望，总见她坐在板桌旁边的独人凳上打绵线。

午后天下雨。我暂不上岸，靠在船窗上吃枇杷。假如我平生也有四根，枇杷有核该是我的四恨之一。我说水果中批杷顶好吃。可惜吃的手续麻烦。堆了半桌子的皮和核，弄脏了两手。同吃蟹相似，善后甚是吃力。但靠在船窗上吃，省力得多。板和核可随时抛在水里，决没有卫生警察来干涉。即使来干涉，我可想出理由来辩解：枇杷叶是药，枇杷核和皮或者也有药力。近来水面上浮着死猪、死羊、死狗、死猫很多，加了这药力或者可以消毒，有益于公众卫生。这般说过之后，卫生警察一定“马马虎虎”。

以前我只是向窗中探首一望，瞥见三娘娘的刹那间的姿态而已。这会因吃枇杷，久凭窗际，方才看见三娘娘的打绵线的能干，其技法的敏捷，态度的坚忍，可以使人吃惊。都会里的摩青与摩女（注：日本人略称 modern boy 为 moba，意为摩登男青年，略称 modern girl 为 moga，意为摩登女郎，今仿此），恐怕没有知道“打绵线”为何物；看了我这幅画，将误认为打弹子，放风筝，抽陀螺，亦未可知。我生长在穷乡，见惯这种苦工，现在可为不知者略道之：这是一架人制的纺丝机器。在一根三四尺长的手指粗细的木棒上，装一个铜叉头，名曰“绵叉梗”，再用一根约一尺长的筷子粗细的竹棒，上端雕刻极疏的螺旋纹，下端装顺治铜钿（康熙，乾隆铜钿亦可）十余枚，中间套一芦管，名曰“锤子”。纺丝的工具，就是绵叉梗和锤子这两件。应用之法，取不能缫丝的坏茧子或茧子上剥下来的东西，并作绵絮似的一团，顶在绵叉梗上的铜叉头上。

子規啼徹四更時
起視蠶稠怕葉稀
不信樓頭楊柳月
玉人歌舞未曾歸
子愷畫

左手持绵叉梗，右手扭那绵絮，使成为线。将线头卷在锤子的芦管上，嵌在螺旋纹里。然后右手指用力将竹棒一旋，使锤子一边旋转，一边靠了顺治铜钱的重力而挂下去。上面扭，下面挂，线便长起来。挂到将要碰着地了，右手停止扭线而捉取锤子，将线卷在芦管上。卷了再挂，挂了再卷，锤子上的线球渐渐大起来。大到像上海水果店里的芒果一般了，便可连芦管拔脱，另将新芦管换上，如法再制。这种芒果般的线球，名曰绵线。用绵线织成的绸，名曰绵绸。像我现在身上所穿的衣服，正是由三娘娘之类的人的左手一寸一寸地扭出来而一寸一寸地卷上去的绵线所织成的。近来绵绸大贱，每尺只买一角多钱。据说，照这价钱合算起工资来，像三娘娘这样勤劳地一天扭到晚，所得不到个十铜板。但我想，假如用“勤劳”的国土里的金钱来定起工价来，这样纯熟的技能，这样忍苦的劳作，定他每天十个金镑，也不算过多呢。三娘娘的操持绵叉梗的手，比闲人们打弹子的手更为稳固；扭绵线的手，比闲人们放风筝的手更为敏捷；旋锤子的手，比闲人们抽陀螺的手更为有力。打一个弹子可赢得不少的洋钱，打一天绵线赚不到十个铜板。如使三娘娘欲富，应该不打绵线打弹子。

三娘娘为求工作的速成，扭的绵线特别长，要两手向上攀得无可再高，锤子向下挂得比她的小脚尖还低，方才收卷。线长了，收卷的时候两臂非极度向左右张开不可。看她一挂一卷，手臂的动作非常辛苦！一挂一卷，费时不到一分钟；假定她每天打绵线八小时，统计起来，她的手臂每天要攀高五六百次，张开五六百次。就算她每天赚得十个铜板，她的手臂要攀五六十次，张五六十次，还要扭五六十通，方得一个铜板的酬报。

黑猫端坐在她面前，静悄悄地注视她的工作，好像在那里留心计数她的手臂的动作的次数。

廿三（1934）年六月十六日

四轩柱

我的故乡石门湾，是运河打弯的地方，又是春秋时候越国造石门的地方，故名石门湾。运河里面还有条支流，叫做后河。我家就在后河旁边。沿着运河都是商店，整天骚闹，只有男人们在活动；后河则较为清静，女人们也出场，就中有四个老太婆，最为出名，叫做四轩柱。

以我家为中心，左面两个轩柱，右面两个轩柱。先从左面说起。住在凉棚底下的一个老太婆叫做莫五娘娘。这莫五娘娘有三个儿子，大儿子叫莫福荃，在市内开一爿杂货店，生活裕如。中儿子叫莫明荃，是个游民，有人说他暗中做贼，但也不曾破过案。小儿子叫木铳阿三，是个戇大[①]，不会工作，只会吃饭。莫五娘娘打木铳阿三，是一出好戏，大家要看。莫五娘娘手里拿了一根棍子，要打木铳阿三。木铳阿三逃，莫五娘娘追。快要追上了，木铳阿三忽然回头，向莫五娘娘背后逃走。莫五娘娘回转身来再追，木铳阿三又忽然回头，向莫五娘娘背后逃走。这样地表演了三五遍，莫五娘娘吃不消了，坐在地上大哭。看的人大笑。此时木铳阿三逃之杳杳了。这个把戏，每个月总要表演一两次。有一天，我同豆腐店王囡囡坐在门口竹榻上闲谈。王囡囡说："莫五娘娘长久不打木铳阿三了，好打了。"没有说完，果然看见木铳阿三从屋里逃出来，莫五娘娘拿了那根棍子追出来了。木铳阿三看见我们在笑，他心生一计，连忙逃过来抱住了王囡囡。我乘势逃开。莫五娘娘举起棍子来打木铳阿三，一半打在王囡囡身上。王囡囡大哭喊痛。他的祖母定四娘娘赶出来，大骂莫五娘娘："这怪老太婆！我的孙子要你打？"就伸手去夺她手里的棒。莫五娘娘身躯肥大，周转不灵，被娇健灵活的定四娘娘一推，竟跌到了河里。木铳阿三毕竟有孝心，连忙下水去救，把娘像落汤鸡一样驮了起来，幸而是夏天，单衣薄裳的，没有受冻，只是受了些惊。莫五娘娘从此有好些时不出门。

第二个轩柱，便是定四娘娘。她自从把莫五娘娘打落水之后，名望更高，大家见她怕了。她推销生意的本领最大。上午，乡下来的航船停埠的时候，定四娘娘便大声推销货物。她熟悉人头，见农民大都叫得出："张

① 木铳和戇大都是指戇头戇脑的人。

家大伯！今天的千张格外厚，多买点去。李家大伯，豆腐干是新鲜的，拿十块去！”就把货塞在他们的篮里。附近另有一家豆腐店，是陈老五开的，生意远不及王囡囡豆腐店，就因为缺少像定四娘娘的一个推销员。定四娘娘对附近的人家都熟悉，常常穿门入户，进去说三话四。我家是她的贴邻，她来的更勤。我家除母亲以外，大家不爱吃肉，桌上都是素菜。而定四娘娘来的时候，大都是吃饭时候。幸而她像《红楼梦》里的凤姐一样，人没有进来，声音先听到了。我母亲听到了她的声音，立刻到橱里去拿出一碗肉来，放在桌上，免得她说我们“吃得寡薄”。她一面看我们吃，一面同我母亲闲谈，报告她各种新闻：哪里吊死了一个人；哪里新开了一爿什么店；汪宏泰的酥糖比徐宝禄的好，徐家的重四两，汪家的有四两五；哪家的姑娘同哪家的儿子对了亲，分送的茶枣讲究得很，都装锡罐头；哪家的姑娘养了个私生子，等等。我母亲爱听她这种新闻，所以也很欢迎她。

第三个轩柱，是盆子三娘娘。她是包酒馆里永林阿四的祖母。他的已死的祖父叫做盆子三阿爹，因为他的性情很坦，像盆子一样[②]；于是他的妻子就也叫做盆子三娘娘。其实，三娘娘的性情并不坦，她很健谈。而且消息灵通，远胜于定四娘娘。定四娘娘报道消息，加的油盐酱醋较少；而盆子三娘娘的报道消息，加入多量的油盐酱醋，叫它变味走样。所以有人说：“盆子三娘娘坐着讲，只能听一半；立着讲，一句也听不得。”她

② 坦，作者家乡方言，即慢的意思，盆子（即盘子）平坦的谐音。

貧女如花只鏡知
子愷畫

出门，看见一个人，只要是她所认识的，就和他谈。她从家里出门，到街上买物，不到一二百步路，她来往要走两三个钟头。因为到处勾留，一勾留就是几十分钟。她指手划脚地说："桐家桥头的草棚着了火了，烧杀了三个人！"后来一探听，原来一个人也没有烧杀，只是一个老头子烧掉了些胡子。"塘河里一只火轮船撞沉了一只米船，几十担米全部沉在河里！"其实是米船为了避开火轮船，在石埠子上撞了一下，船头里漏了水，打湿了几包米，拿到岸上来晒。她出门买物，一路上这样地讲过去，有时竟忘记了买物，空手回家。盆子三娘娘在后河一带确是一个有名人物。但自从她家打了一次官司，她的名望更大了。

事情是这样：她有一个孙子，年纪二十多岁，做医生的，名叫陆李王。因为他幼时为了要保证健康长寿，过继给含山寺里的菩萨太君娘娘，太君娘娘姓陆。他又过继给另外一个人，姓李。他自己姓王。把三个姓连起来，就叫他"陆李王"。这陆李王生得眉清目秀，皮肤雪白。有一个女子看上了他，和他私通。但陆李王早已娶妻，这私通是违法的。女子的父亲便去告官。官要逮捕陆李王。盆子三娘娘着急了，去同附近有名的沈四相公商量，送他些礼物。沈四相公就替她作证，说他们没有私通。但女的已经招认。于是县官逮捕沈四相公，把他关进三厢堂。（是秀才坐的牢监，比普通牢监舒服些）盆子三娘娘更着急了，挽出她包酒馆里的伙计阿二来，叫他去顶替沈四相公。允许他"养杀你[①]"。阿二上堂，被县

① 养杀你，意即供养你一辈子直到老死。

官打了三百板子，腿打烂了。官司便结束。阿二就在这包酒馆里受供养，因为腿烂，人们叫他"烂膀[①]阿二"。这事件轰动了全石门湾。盆子三娘娘的名望由此增大。就有人把这事编成评弹，到处演唱卖钱。我家附近有一个乞丐模样的汉子，叫做"毒头[②]阿三"。他编的最出色，人们都爱听他唱。我还记得唱词中有几句："陆李王的面孔白来有看头，厚底鞋子寸半头，直罗[③]汗巾三转头，……"描写盆子三娘娘去请托沈四相公，唱道："水鸡[④]烧肉一碗头，拍拍胸脯点点头。……"全部都用"头"字，编得非常自然而动听。欧洲中世纪的游唱诗人（troubadour，minnesinger），想来也不过如此吧。毒头阿三唱时，要求把大门关好。因为盆子三娘娘看到了要打他。

第四个轩柱是何三娘娘。她家住在我家的染作场隔壁。她的丈夫叫做何老三。何三娘娘生得短小精悍，喉咙又尖又响，骂起人来像怪鸟叫。她养几只鸡，放在门口街路上。有时鸡蛋被人拾了去，她就要骂半天。有一次，她的一双弓鞋晒在门口阶沿石上，不见了。这回她骂得特别起劲："穿了这双鞋子，马上要困棺材！""偷我鞋子的人，世世代代做小娘（即妓女）！"何三娘娘的骂人，远近闻名。大家听惯了，便不当一回事，说

① 烂膀，意即烂腿。

② 毒头，意即神经病或傻瓜。

③ 直罗，即有直的隐条的丝织品。

④ 水鸡，即甲鱼。

湖上酒家
子愷
宵夜

一声“何三娘娘又在骂人了”，置之不理。有一次，何三娘娘正站在阶沿石上大骂其人，何老三喝醉了酒从街上回来，他的身子高大，力气又好，不问青红皂白，把这瘦小的何三娘娘一把抱住，走进门去。何三娘娘的两只小脚乱抖乱撑，大骂“杀千刀！”旁人哈哈大笑。

何三娘娘常常生病，生的病总是肚痛。这时候，何老三便上街去买一个猪头，扛在肩上，在街上走一转。看见人便说：“老太婆生病，今天谢菩萨。”谢菩萨又名拜三牲，就是买一个猪头、一条鱼，杀一只鸡，供起菩萨像来，点起香烛，请一个道士来拜祷。主人跟着道士跪拜，恭请菩萨醉饱之后快快离去，勿再同我们的何三娘娘为难。拜罢之后，须得请邻居和亲友吃“谢菩萨夜饭”。这些邻居和亲友，都是送过份子的。份子者，就是钱。婚丧大事，送的叫做“人情”，有送数十元的，有送数元的，至少得送四角。至于谢菩萨，送的叫做“份子”，大都是一角或至多两角。菩萨谢过之后，主人叫人去请送份子的人家来吃夜饭。然而大多数不来吃。所以谢菩萨大有好处。何老三掮了一个猪头到街上去走一转，目的就是要大家送份子。谢菩萨之风，在当时盛行。有人生病，郎中看不好，就谢菩萨。有好些人家，外面在吃谢菩萨夜饭，里面的病人断气了。再者，谢菩萨夜饭的猪头肉烧得半生不熟，吃的人回家去就生病，亦复不少。我家也曾谢过几次菩萨，是谁生病，记不清了。总之，要我跟着道士跪拜。我家幸而没有为谢菩萨而死人。我在这环境中，侥幸没有早死，竟能活到七十多岁，在这里写这篇随笔，也是一个奇迹。

王囡囡

每次读到鲁迅《故乡》中的闰土，便想起我的王囡囡。王囡囡是我家贴邻豆腐店里的小老板，是我童年时代的游钓伴侣。他名字叫复生，比我大一二岁，我叫他“复生哥哥”。那时他家里有一祖母，很能干，是当家人；一母亲，终年在家烧饭，足不出户；还有一“大伯”，是他们的豆腐店里的老司务，姓钟，人们称他为钟司务或钟老七。

祖母的丈夫名王殿英，行四，人们称这祖母为“殿英四娘娘”，叫得口顺，变成“定四娘娘”。母亲名庆珍，大家叫她“庆珍姑娘”。她的丈夫叫王三三，早年病死了。庆珍姑娘在丈夫死后十四个月生一个遗腹子，便是王囡囡。请邻近的绅士沈四相公取名字，取了“复生”。复生的相貌和

兼母的父
子愷畫

钟司务非常相像。人都说："王囡囡口上加些小胡子，就是一个钟司务。"

钟司务在这豆腐店里的地位，和定四娘娘并驾齐驱，有时竟在其上。因为进货，用人，经商等事，他最熟悉，全靠他支配。因此他握着经济大权。他非常宠爱王囡囡，怕他死去，打一个银项圈挂在他的项颈里。市上凡有新的玩具，新的服饰，王囡囡一定首先享用，都是他大伯买给他的。我家开染坊店，同这豆腐店贴邻，生意清淡；我的父亲中举人后科举就废，在家坐私塾。我家经济远不及王囡囡家的富裕，因此王囡囡常把新的玩具送我，我感谢他。王囡囡项颈里戴一个银项圈，手里拿一支长枪，年幼的孩子和猫狗看见他都逃避。这神情宛如童年的闰土。

我从王囡囡学得种种玩艺。第一是钓鱼，他给我做钓竿，弯钓钩。拿饭粒装在钓钩上，在门前的小河里垂钓，可以钓得许多小鱼。活活地挖出肚肠，放进油锅里煎一下，拿来下饭，鲜美异常。其次是摆擂台。约几个小朋友到附近的姚家坟上去，王囡囡高踞在坟山上摆擂台，许多小朋友上去打，总是打他不下。一朝打下了，王囡囡就请大家吃花生米，每人一包。又次是放纸鸢。做纸鸢，他不擅长，要请教我。他出钱买纸，买绳，我出力糊纸鸢，糊好后到姚家坟去放。其次是缘树。姚家坟附近有一个坟，上有一株大树，枝叶繁茂，形似一顶阳伞。王囡囡能爬到顶上，我只能爬在低枝上。总之，王囡囡很会玩耍，一天到晚精神勃勃，兴高采烈。

有一天，我们到乡下去玩，有一个挑粪的农民，把粪桶碰了王囡囡的衣服。王囡囡骂他，他还骂一声"私生子！"王囡囡面孔涨得绯红，从此兴致大大地减低，常常皱眉头。有一天，定四娘娘叫一个关魂婆来替她已死的儿子王三三关魂。我去旁观。这关魂婆是一个中年妇人，肩上扛一把伞，伞上挂一块招牌，上写“捉牙虫算命”。她从王囡囡家后门进来。凡是这种人，总是在小巷里走，从来不走闹市大街。大约她们知道自己的把戏鬼鬼祟祟，见不得人，只能骗骗愚夫愚妇。牙痛是老年人常有的事，那时没有牙医生，她们就利用这情况，说会“捉牙虫”。记得我有一个亲戚，有一天请一个婆子来捉牙虫。这婆子要小解了，走进厕所去。旁人偷偷地看看她的膏药，原来里面早已藏着许多小虫。婆子出来，把膏药贴在病人的脸上，过了一会，揭起来给病人看，“喏！你看：捉出了这许多虫，不会再痛了。”这证明她的捉牙虫全然是骗人。算命，关魂，更是骗人的勾当了。闲话少讲，且说定四娘娘叫关魂婆进来，坐在一只摇纱椅子[①]上。她先问：“要叫啥人？”定四娘娘说：“要叫我的儿子三三。”关魂婆打了三个呵欠，说:“来了一个灵官，长面孔……”定四娘娘说“不是”。关魂婆又打呵欠，说：“来了一个灵官……”定四娘娘说：“是了，是我三三了。三三！你撇得我们好苦！”就一把鼻涕，一把眼泪地哭。后来对着庆珍姑娘说：“喏，你这不争气的婆娘，还不快快叩头！”这时庆珍姑娘正抱着她的第二个孩子（男，名掌生）喂奶，连忙跪在地上，孩子哭起来，王囡囡哭起来，棚里的驴子也叫起来。关魂婆又代王三三的鬼魂说了好些话，我大都听不懂。后来她又打一个呵欠，就醒了。定四娘娘给了她钱，

① 摇纱椅子，是作者家乡的一种靠背竹椅，因妇女摇纱（纺纱）时常坐此椅而得名。

枯藤老樹昏鴉小橋流水人家
古道西風瘦馬夕陽西下
斷腸人在天涯
子愷畫

她讨口茶吃了，出去了。

王囡囡渐渐大起来，和我渐渐疏远起来。后来我到杭州去上学了，就和他阔别。年假暑假回家时，听说王囡囡常要打他的娘。打过之后，第二天去买一支参来，煎了汤，定要娘吃。我在杭州学校毕业后，就到上海教书，到日本游学。抗日战争前一两年，我回到故乡，王囡囡有一次到我家里来，叫我“子恺先生”，本来是叫“慈弟”的。情况真同闰土一样。抗战时我逃往大后方，八九年后回乡，听说王囡囡已经死了，他家里的人不知去向了。而他儿时的游钓伴侣的我，以七十多岁的高龄，还残生在这娑婆世界上，为他写这篇随笔。

笔者曰：封建时代礼教杀人，不可胜数。王囡囡庶民之家，亦受其毒害。庆珍姑娘大可堂皇地再嫁与钟老七。但因礼教压迫，不得不隐忍忌讳，酿成家庭之不幸，冤哉枉也。

歪鲈婆阿三

歪鲈婆阿三不知何许人也，亦不详其姓氏。只因他的嘴巴像鲈鱼的嘴巴，又有些歪，因以为号也。他是我家贴邻王囡囡豆腐店里的司务。每天穿着褴褛的衣服，坐在店门口包豆腐干。人们简称他为“阿三”。阿三独身无家。

那时盛行彩票，又名白鸽票。这是一种大骗局。例如：印制三万张彩票，每张一元。每张分十条，每条一角。每张每条都有号码，从一到三万。把这三万张彩票分发全国通都大邑。卖完时可得三万元。于是选定一个日子，在上海某剧场当众开彩。开彩的方法，是用一个大球，摆在舞台中央，三四个人都穿紧身短衣，袖口用带扎住，表示不得作弊。然后把

堤邊楊柳已堪攀
塞外征人殊未還
子愷畫

十个骰子放进大球的洞内，把大球摇转来。摇了一会，大球里落出一只骰子来，就把这骰子上的数字公布出来。这便是头彩的号码的第一个字。台下的观众连忙看自己所买的彩票，如果第一个数字与此相符，就有一线中头彩的希望。笑声、叹声、叫声，充满了剧场。这样地表演了五次，头彩的五个数目字完全出现了。五个字完全对的，是头彩，得五千元；四个字对的，是二彩，得四千元；三个字对的，是三彩，得三千元……这样付出之后，办彩票的所收的三万元，净余一半，即一万五千元。这是一个很巧妙的骗局。因为买一张的人是少数，普通都只买一条，一角钱，牺牲了也有限。这一角钱往往象白鸽一样一去不回，所以又称为“白鸽票”。

只有我们的歪鲈婆阿三，出一角钱买一条彩票，竟中了头彩。事情是这样：发卖彩票时，我们镇上有许多商店担任代售。这些商店，大概是得到一点报酬的，我不详悉了。这些商店门口都贴一张红纸，上写“头彩在此”四个字。有一天，歪鲈婆阿三走到一家糕饼店门口，店员对他说：“阿三！头彩在此！买一张去吧。”对面咸鲞店里的小麻子对阿三说：“阿三，我这一条让给你吧。我这一角洋钱情愿买香烟吃。”小麻子便取了阿三的一角洋钱，把一条彩票塞在他手里了。阿三将彩票夹在破毡帽的帽圈里，走了。

大年夜前几天，大家准备过年的时候，上海传来消息，白鸽票开彩了。歪鲈婆阿三的一条，正中头彩。他立刻到手了五百块大洋（那时米价每担二元半，五百元等于二百担米），变成了一个富翁。咸鲞店里的小麻子听到了这消息，用手在自己的麻脸上重重地打了三下，骂了几声“穷鬼！”歪鲈婆阿三没有家，此时立刻有人来要他去“招亲”了。这便是镇上有名的私娼俞秀英。俞秀英年约二十余岁，一张鹅蛋脸生得白嫩，常常站在门口卖俏，勾引那些游蜂浪蝶。她所接待的客人全都是有钱的公子哥儿，豆腐司务是轮不到的，但此时阿三忽然被看中了。俞秀英立刻在她家里雇起四个裁缝司务来，替阿三做花缎袍子和马褂。限定年初一要穿。四个裁缝司务日夜动工，工钱加倍。

到了年初一，歪鲈婆阿三穿了一身花缎皮袍皮褂，卷起了衣袖，在街上东来西去，大吃大喝，滥赌滥用。几个穷汉追随他，问他要钱，他一摸总是两三块银洋。有的人称他“三兄”“三先生”“三相公”，他的赏赐更丰。那天我也上街，看到这情况，回来告诉我母亲。正好豆腐店的主妇定四娘娘在我家闲谈。母亲对定四娘娘说：“把阿三脱下来的旧衣裳保存好，过几天他还是要穿的。”

果然，到了正月底边，歪鲈婆阿三又穿着原来的旧衣裳，坐在店门口包豆腐干了。只是一个崭新的皮帽子还戴在头上。把作司务[①]钟老七衔着一支旱烟筒，对阿三笑着说：“五百元大洋！正好开爿小店，讨个老婆，成家立业。现在哪里去了？这真叫做没淘剩！”阿三管自包豆腐干，如同不听见一样。我现在想想，这个人真明达！货悖而入者，亦悖而出；来路不明，去路不白。他深深地懂得这个至理。我年逾七十，阅人多矣。凡是不费劳力而得来的钱，一定不受用。要举起例子来，不知多少。歪鲈婆

① 把作是“把持作坊”的意思，把作司务就是在作坊中负责技术的司务。

大道将成
子愷畫

阿三是一个突出的例子。他可给千古的人们作借鉴。自古以来，荣华难于久居。大观园不过十年，金谷园更为短促。我们的阿三把它浓缩到一个月，对于人世可说是一声响亮的警钟，一种生动的现身说法。

第六章 文艺

我看见世间的大人都为生活的琐屑事件所迷着，都忘记人生的根本；只有孩子们保住天真，独具慧眼，其言行多足供我欣赏者。

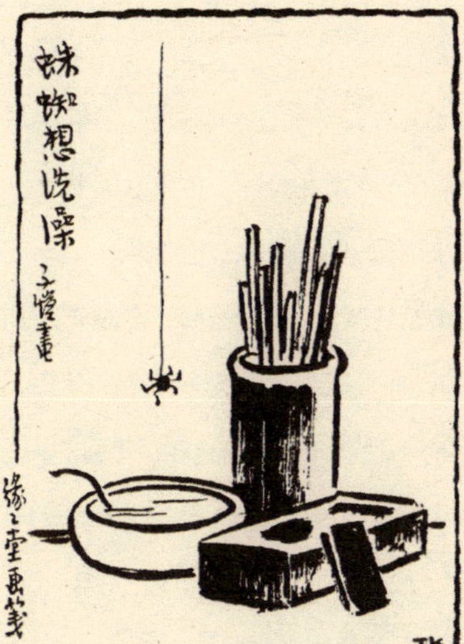

竹影

吃过晚饭后，天气还是闷热。窗子完全打开了，房间里还坐不牢。太阳虽已落山，天还没有黑。一种幽暗的光弥漫在窗际，仿佛电影中的一幕。我和弟弟就搬了藤椅子，到屋后的院子里去乘凉。

天空好像一盏乏了油的灯，红光渐渐地减弱。我把眼睛守定西天看了一会儿，看见那光一跳一跳地沉下去，非常微细，但又非常迅速而不可挽救。正在看得出神，似觉眼梢头另有一种微光，渐渐地在那里强起来。回头一看，原来月亮已在东天的竹叶中间放出她的清光。院子里的光景已由暖色变成寒色，由长音阶变成短音阶了。门口一个黑影出现，好像一只立起的青蛙，向我们跳将过来。来的是弟弟的同学华明。

“唉，你们惬意得很！这椅子给我坐的？”他不待我们回答，一屁股坐在藤椅上，剧烈地摇他的两腿。椅子背所靠的那根竹，跟了他的动作而发抖，上面的竹叶发出萧萧的声音来。这引起了三人的注意，大家仰起头来向天空看。月亮已经升得很高，隐在一丛竹叶中。竹叶的摇动把她切成许多不规则的小块，闪烁地映入我们的眼中。大家赞美了一番之后，我说：“我们今晚干些什么呢？”弟弟说：“我们谈天吧。我先有一个问题给你们猜：细看月光底下的人影，头上出烟气。这是什么道理？”我和华明都不相信，于是大家走出竹林外，蹲下来看水门汀上的人影。我看了好久，果然看见头上有一缕一缕的细烟，好像漫画里所描写的动怒的人。“是口里的热气吧？”“是头上的汗水在那里蒸发吧？”大家蹲在地上争论了一会儿，没有解决。华明的注意力却转向了别处，他从身边摸出一支半寸长的铅笔来，在水门汀上热心地描写自己的影。描好了，立起来一看，真像一只青蛙，他自己看了也要笑。徘徊之间，我们同时发现了映在水门汀上的竹叶的影子，同声地叫起来：“啊！好看啊！中国画！”华明就拿半寸长的铅笔去描。弟弟手痒起来，连忙跑进屋里去拿铅笔。我学他的口头禅喊他：“对起，对起，给我也带一支来！”不久他拿了一把木炭来分送我们。华明就收藏了他那半寸长的法宝，改用木炭来描。大家蹲下去，用木炭在水门汀上参参差差地描出许多竹叶来。一面谈着：“这一枝很像校长先生房间里的横幅呢！”“这一丛很像我家堂前的立轴呢！”“这是《芥子园画谱》里的！”“这是吴昌硕的！”忽然一个大人的声音在我们头上慢慢地响出来：“这是管夫人的！”大家吃了一惊，立起身来，看见

绿杨芳草
子恺画

爸爸反背着手立在水门汀旁的草地上看我们描竹，他明明是来得很久了。华明难为情似的站了起来，把拿木炭的手藏在背后，似乎害怕爸爸责备他弄脏了我家的水门汀。爸爸似乎很理解他的意思，立刻对着他说道："谁想出来的？这画法真好玩呢！我也来描几瓣看。"弟弟连忙拣木炭给他。爸爸也蹲在地上描竹叶了，这时候华明方才放心，我们也更加高兴，一边描，一边拿许多话问爸爸：

"管夫人是谁？""她是一位善于画竹的女画家。她的丈夫名叫赵子昂，是一位善于画马的男画家。他们是元朝人，是中国很有名的两大夫妻画家。"

"马的确难画，竹有什么难画呢？照我们现在这种描法，岂不很容易又很好看吗？""容易固然容易，但是这么'依样画葫芦'，终究缺乏画意，不过好玩罢了。画竹不是照真竹一样描，须经过选择和布置。画家选择竹的最好看的姿态，巧妙地布置在纸上，然后成为竹的名画。这选择和布置很困难，并不比画马容易。画马的困难在于马本身上，画竹的困难在于竹叶的结合上。粗看竹画，好像只是墨笔的乱撇，其实竹叶的方向、疏密、浓淡、肥瘦，以及集合的形体，都要讲究。所以在中国画法上，竹是一专门部分。平生专门研究画竹的画家也有。"

"竹为什么不用绿颜料来画，而常用墨笔来画呢？用绿颜料撇竹叶，不更像吗？""中国画不注重'像不像'，不像西洋画那样画得同真物一样。凡画一物，只要能表现出像我们闭目回想时所见的一种神气，就是佳作了。所以西洋画像照相，中国画像符号。符号只要用墨笔就够了。原来墨是很好的一种颜料，它是红黄蓝三原色等量混合而成的。故墨画中看似只有一色，其实包罗三原色，即包罗世界上所有的颜色。故墨画在中国画中是很高贵的一种画法。故用墨来画竹，是最正当的。倘然用了绿颜料，就因为太像实物，反而失却神气。所以中国画家不喜欢用绿颜料画竹；反之，却喜欢用与绿相反的红色来画竹。这叫作‘朱竹’，是用笔蘸了朱砂来撇的。你想，世界上哪有红色的竹？但这时候画家所描的，实在已经不是竹，而是竹的一种美的姿势，一种活的神气，所以不妨用红色来描。”爸爸说到这里，丢了手中的木炭，立起身来结束说：“中国画大都如此。我们对中国画应该都取这样的看法。”

月亮渐渐升高了，竹影渐渐与地上描着的木炭线相分离，现出参差不齐的样子来，好像脱了版的印刷。夜渐深了，华明就告辞。“明天白天来看这地上描着的影子，一定更好看。但希望不要落雨，洗去了我们的‘墨竹’，大家明天见！”他说着就出去了。我们送他出门。

我回到堂前，看见中堂挂着的立轴——吴昌硕描的墨竹，似觉更有意味。那些竹叶的方向、疏密、浓淡、肥瘦，以及集合的形体，似乎都有意义，表现着一种美的姿态，一种活的神气。

春日遊杏花吹滿頭
子愷

读画漫感

近来我的习惯：晴天空闲时喜看画，雨天空闲时喜读文；白昼空闲时喜看画，晚上空闲时喜读文。自己觉得这习惯非出于偶然，有着必然的理由。这理由是画与文的性质和晴昼与雨夜的感情所造成的。画与文性质各异：看画不必费时，不必费力，一秒钟即可看出画的大意；多看几分钟也尽有东西看得出来，时间和眼力脑力都很自由。读文就没有这么便当，一篇文章大意如何？思想如何？非从头至尾通读一遍不能知道。就是“一目十行”，也要费一歇儿时光；而且你试想，“一目十行”的目，相当地吃力呢！讲到人的感情，在晴天，白昼，若非忙着工作的时候，窗外的风日有时会对我作种种诱惑，使我的心旌有些儿动摇不定。若是没有出游的勇气与地方，不得已而要找几册书消闲，势必找画册，看时可以自由一些。倘找书看，若非很有兴味或很轻快的书，往往不易潜心阅读。能潜心读书的，只有雨天，或晚上的空闲时光。那时外界的诱惑都消失，窗外的景色对我表示拒绝，我的心才能死心塌地的沉潜于书中。——但这也不是常事，疏懒之极，雨夜也无心读书，只是闭目奄卧在床上看画，不过所看的是浮出在脑际的无形的画。

藏画藏书的贫乏，可以用方法救济。其法，每一种书看了一会之后，便真个把它们“藏”起来。或者用纸包封，或者锁闭在特别橱里，使平日不易取阅。过了一年半载，再取出来。启封展读的时候，感觉上如同另买了一部新书。而书的内容，一半茫然，一半似曾相识，好似旧友阔别重逢，另有一番滋味。且因今昔心情不同，有时也会看出前次所未曾见到的地方来，引为至乐。这办法，我觉得对于画册尤为适用。因为有的文章，看过一遍便可不忘，即使藏了好久，拿出来重读时也不会感到什么新鲜。绘画是视觉美的东西，根本用不到记忆，其欣赏离不开画本。故久别重逢，如同看曾经看过的戏，听曾经听过的曲，每次都觉得新鲜的。

上月我患足疾，回到乡间的旧栖去静居了一个月，有一天乘闲，拿出从前封藏着的两包画集来，在晴窗下浏览，一包是《北平笺谱》，又一包是《吴友如画宝》。这两部书不是同时买来的，也不是同时封藏的。记得我先买《吴友如画宝》，看了一遍就封藏。后来又买《北平笺谱》，看了一遍也就封藏。现在同时发开两包，好像一时买了两部新书，倍觉高兴。而同时欣赏这两部画集，又不期地发现了它们的奇妙的对照。似乎是有意选择这两部书，来作本文的话材的。

所谓对照，就是这两种画册给我的感想完全相反，各具一种特色，各自代表着一种画坛上最主要的画风。《北平笺谱》是郑振铎、鲁迅两先生所辑的，内容都是画笺。然而这种画笺大都已经失却了“笺”的实用性，而成为一种独立的绘画，专供欣赏之用了。北平人是否如此看待它，我不得而知。只是我的案头假如有这样的一刀信笺，我决不愿意用“某某仁兄阁下”等黑字去涂盖这些绘画。所以我否认它们为信笺，却把它们看作一种小型的略画。《吴友如画宝》可说是清末画家吴友如先生的作品的全集（他长期为画报作画，作品极多。但这册《画宝》中各类皆有收罗，可说是全集了）。但是大多数作插画风，注重题材内容意义的细写，大都不能称为独立的绘画。称“笺”的像画，而称“画”的反不像画，这不是奇妙的对比么？

然而我并非对于二者有所抑扬。我对于二者都欢喜，只是欲指出其性状之相异耳。相异之点有二：在内容上，前者大都是“抒情的”，后者大都是“记述的”。在形式上，前者大都是“写意的”（或图案的），后者大都是“写实的”（或说明的）。故前者多粗笔画，后者多工笔画。现在须得把两者分别略叙一下：

《北平笺谱》中的画，完全是中国画风的。中国画最小型的是册页，但它们比册页更小，可说是中国画的 sketch（速写）。有的只有寥寥的数笔，淡淡的一二色，草草的几个题字，然而圆满、调和、隽永，有足令人（我）把玩不忍手释者。我觉得寥寥数笔，淡淡一二色，与草草数字，是使画圆

松間明月長如此
子愷畫

满、调和、隽永的主要原因。尝见这种笺谱的作者所作的别种大画，觉得往往不及笺谱的小画富有意趣。为的是那种大画笔致欠“寥寥”，色彩欠“淡淡”，题字欠“草草”。想见画家作笺谱时，因见纸幅太小，故着墨宜少，因念须作信笺，故傅彩宜淡；画既略略，题字自宜草草。因此每幅费时不多，大约数分钟可了。即兴落笔，一气呵成。大画所以不及小画者，即在于此，然而画材与题字的选定，倒不是数分钟可以了事的。这有关于画家的素养，不能勉强。袭用陈腐的古典者有之，但意味深长者亦不乏其例。把我所欢喜的摘记数幅在下面，以示一斑：其一幅绘萝卜白菜，题曰“愿士大夫知此味，愿天下人民无此色”。其一绘甘蔗与西瓜，题曰“但能尝蔗境，何必问瓜期？”其一幅仅绘鱼一条，题曰“单画鱼儿不画水，此中自信有波澜”。其一幅绘钓者，题曰“钓亦不得，得亦不卖”。其一幅绘游方僧，题曰“也应歇歇”。其一幅绘扶醉，题曰“何妨醉倒”。其一幅画酒杯与佛手，题曰“万事不如杯在手”。其一幅仅绘佛手，题佛经中句“合掌恭敬而白佛言”。……皆巧妙可喜。但有多数思想太高古，使生在现代的我（虽然其中有几位作者也是现代人）望尘莫及，但觉其题句巧妙可喜，而少有切身的兴味。切身的兴味，倒在乎他们的笔墨的技术上。尤其是陈师曾先生（朽道人）的几幅：《野航恰受两三人》《独树老夫家》《层轩皆面水》，以及无题的，三张绿叶和一只红橘子，孤零零的一朵蒲公英，两三片浮萍和一只红蜻蜓（《太白》曾取作封面画），使我久看不倦。陈先生的画所以异于其他诸人者，是不用纯粹的中国画风，而略加一些西洋画风（听说他是东京美术学校西洋画科毕业的）。然而加得很自然，使我只觉画面更加坚实，更加稳定，而不见“中西合璧”的痕迹。

“中西合璧”的痕迹相当地显露的，是《吴友如画宝》。吴先生是清末长住在上海的画家，那时初兴的“十里洋场”的景物，大都被收在他的《画宝》中。他对于工笔画极有功夫。有时肉手之外加以仪器，画成十分致密的线条写实画，教我见了觉得害怕。这部《画宝》分量甚多，共有二十六册。内容分十一种：即古今人物图，海上百艳图，中外百兽图，中外百鸟图，海国丛谈，山海志奇，古今谈丛，风俗志图说，古今名胜附花鸟，满清将臣，及遗补。面幅之多，约在一千以上。第一，古今人物图，所绘多古人逸事，如李白饮酒，伯乐相马，冯谖弹铗，虞姬别霸王等，还有许多古诗句的描写，例如“老妻画纸为棋局”，“天寒翠袖薄”，“坐看云起时”，“人面桃花”等。其中还有许多小儿游戏图，如捉迷藏，拍皮球，三人马，鹞鹰拖小鸡，滚铜板等，描写均甚得趣。儿童都作古装。第二是海上百艳图，此部为女孩子们所最爱看。所绘的大都是清末的上海妇女，小袖口、阔镶条、双髻、小脚。而所行的事已很时髦，打弹子，拍照，弹洋琴，踏缝衣机，吃大菜。吃大菜的一幅题曰“别饶风味”。又画洋装女子，题曰“粲粲衣服”。又画旗装，题曰“北地胭脂”。又画日本妇女装，题曰“效颦东施”。我看到一幅弹古琴的，佩服吴友如先生见识之广，那张七弦琴放在桌上，一头挑出在桌外，因为卷弦线的旋子在这头的底下。常见人画琴，全部置桌上，皆属错误。这点我也是新近才知道的。第三，中外百兽；第四，中外百鸟；我对之皆无甚兴味。第五，海国丛谈；第六，山海志奇，完全是《异闻志》的插画，每幅画上题着一大篇故事，我

六六水牕通扇底微風記得
那人同坐纖手剝蓮蓬
子愷畫

也没有兴味去读它。但见画中有飞艇，其形甚幼稚。也许那时的飞艇是如此的。第七，古今谈丛，第八，风俗志图说，也都是喧宾夺主的插画，每幅画上题着一大篇细字。我只注意其中一幅，描写某处风俗的跳狮，十几条长凳重叠起来，搭成一高台，各凳的远近法并无错误。这是全书中远近法最不错的一幅。在别处，他常常要弄错远近法，例如窗的格子，他往往画作平行。又如橱的顶，他往往画得看见。又如一处风景，他往往有两个“消点”，使远近法不统一。这在中国画中是寻常的事。但在洋风甚著的吴友如先生的画中，我认为是美中不足。以下的画，格调大都与上述的相仿佛。唯最后的遗补中，有感应篇图，构图妥当，笔法老练可喜。

看《北平笺谱》，可以看到各画家的腕力，可以会悟各画家的心灵，因此常常伴着感兴。看《吴友如画宝》时，可以看到他的描工，可以会悟他的意匠，因此每一幅画给我一种观念。可知前者是主观的绘画，后者是客观的绘画。前者是诗的，后者是剧的。我又觉得看前者好像听唱歌，看后者好像听讲故事。

我合观这两部画集，发现两种画风，原是偶然的事。但是凑巧得很，世间的画派无论古今东西，都不外乎这两条路：抒情的与记述的，写意的与写实的，图案的与说明的，简笔的与工笔的，腕力的与描工的，心灵的与意匠的，感兴的与观念的。

二十四年（1935）年十一月二十九日

谈自己的画

去秋语堂先生来信，嘱我写一篇《谈漫画》。我答允他定写，然而只管不写。为什么答允写呢？因为我是老描“漫画”的人，约十年前曾经自称我的画集为“子恺漫画”，在开明书店出版。近年来又不断地把“漫画”在各杂志和报纸上发表，惹起几位读者的评议。还有几位出版家，惯把“子恺漫画”四个字在广告中连写起来，把我的名字用作一种画的形容词；有时还把我夹在两个别的形容词中间，写作“色彩子恺新年漫画（见开明书店本年一月号《中学生》广告）”。这样，我和“漫画”的关系就好像很深。近年我被各杂志催稿，随便什么都谈，而独于这关系好像很深的“漫画”不谈，自己觉得没理由，而且也不愿意，所以我就答允他一定写稿。

为什么又只管不写呢？因为我对于“漫画”这个名词的定义，实在没有弄清楚：说它是讽刺的画，不尽然；说它是速写画，又不尽然；说它是黑和白的画，有色彩的也未始不可称为“漫画”；说它是小幅的画，小幅的不一定都是“漫画”……原来我的画称为漫画，不是我自己作主的，十年前我初描这种画的时候，《文学周报》编辑部的朋友们说要拿我的“漫画”去在该报发表。从此我才知我的画可以称为“漫画”，画集出版时我就遵用这名称，定名为“子恺漫画”。这好比我的先生（从前浙江第一师范的国文教师单不厂先生，现在已经逝世了）根据了我的单名“仁”而给我取号为“子恺”，我就一直遵用到今。我的朋友们或者也是有所根据而称我的画为“漫画”的，我就信受奉行了。但究竟我的画为什么称为“漫画”？可否称为“漫画”？自己一向不曾确知。自己的画的性状还不知道，怎么能够普遍地谈论一般的漫画呢？所以我答允了写稿之后，踌躇满胸，只管不写。

最近语堂先生又来信，要我履行前约，说不妨谈我自己的画。这好比大考时先生体恤学生抱佛脚之苦，特把题目范围缩小。现在我不可不交卷了，就带着眼病写这篇稿子。

把日常生活的感兴用“漫画”描写出来——换言之，把日常所见的可惊可喜可悲可哂之相，就用写字的毛笔草草地图写出来——听人拿去印刷了给大家看，这事在我约有了十年的历史，仿佛是一种习惯了。中国人崇尚“不求人知”，西洋人也有“What’s in your heart let no one know（你心里想的，别让人知道）”的话。我正同他们相反，专门画给人家看，

欲上青天攬明月
子愷

自己却从未仔细回顾已发表的自己的画。偶然在别人处看到自己的画册，或者在报纸、杂志中翻到自己的插画，也好比在路旁的商店的样子窗中的大镜子里照见自己的面影，往往一瞥就走，不愿意细看。这是什么心理？很难自知。勉强平心静气观察自己，大概是为了太稔熟，太关切，表面上反而变疏远了的原故。中国人见了朋友或相识者都打招呼，表示互相亲爱；但见了自己的妻子，反而板起脸不搭白，表示疏远的样子。我的不欢喜仔细回顾自己的画，大约也是出于这种奇妙的心理的吧？

但现在要我写这个题目，我非仔细回顾自己的画不可了。我找集从前出版的《子恺漫画》《子恺画集》等书来从头翻阅，又把近年来在各杂志和报纸上发表的画的副稿来逐幅细看，想看出自己的画的性状来，作为本题的材料。结果大失所望。我全然没有看到关于画的事，只是因了这一次的检阅，而把自己过去十年间的生活与心情切实地回味了一遍，心中起了一种不可名状的感慨，竟把画的一事完全忘却了。

因此我终于不能谈自己的画。一定要谈，我只能在这里谈谈自己的生活和心情的一面，拿来代替谈自己的画吧。

约十年前，我家住在上海。住的地方迁了好几处，但总无非是一楼一底的"弄堂房子"，至多添了一间过街楼。现在回想起来，上海这地方真是十分奇妙：看似那么忙乱的，住在那里却非常安闲，家庭这小天地可与忙乱的环境判然地隔离，而安闲地独立。我们住在乡间，邻人总是熟识的，有的比亲戚更亲切；白天门总是开着的，不断地有人进进出出；有了些事总是大家传说的，风俗习惯总是大家共通的。住在上海完全不然。

邻人大都不相识，门镇日严扃着，别家死了人与你全不相干。故住在乡间看似安闲，其实非常忙乱；反之，住在上海看似忙乱，其实非常安闲。关了前门，锁了后门，便成一个自由独立的小天地。在这里面由你选取甚样风俗习惯的生活：宁波人尽管度宁波俗的生活，广东人尽管度广东俗的生活。我们是浙江石门湾人，住在上海也只管说石门湾的土白，吃石门湾式的饭菜，度石门湾式的生活；却与石门湾相去数百里。现在回想，这真是一种奇妙的生活！

除了出门以外，在家里所见的只是这个石门湾式的小天地。有时开出后门去换掉些头发（《子恺画集》六四页），有时从过街楼上挂下一只篮去买两只粽子（《子恺漫画》七〇页），有时从阳台眺望屋瓦间浮出来的纸鸢（《子恺漫画》六三页），知道春已来到上海。但在我们这个小天地中，看不出春的来到。有时几乎天天同样，辨不出今日和昨日。有时连日没有一个客人上门，我妻每天的公事，就是傍晚时光抱了瞻瞻，携了阿宝，到弄堂门口去等我回家（《子恺漫画》六九页）。两岁的瞻瞻坐在他母亲的臂上，口里唱着："爸爸还不来！爸爸还不来！"六岁的阿宝拉住了她娘的衣裾，在下面同他和唱。瞻瞻在马路上扰攘往来的人群中认到了带着一叠书和一包食物回家的我，突然欢呼舞蹈起来，几乎使他母亲的手臂撑不住。阿宝陪着他在下面跳舞，也几乎撕破了她母亲衣裾。他们的母亲呢，笑着喝骂他们。当这时候，我觉得自己立刻化身为二人。其一人做了他们的父亲或丈夫，体验着小别重逢时的家庭团圆之乐；另一个人呢，远远地站了出来，从旁观察这一幕悲欢离合的活剧，看到一种可喜又可悲的世间相。

他们这样地欢迎我进去的，是上述的几与世间绝缘的小天地。这里是孩子们的天下。主宰这天下的，有三个角色，除了瞻瞻和阿宝之外，还有一个是四岁的软软，仿佛罗马的三头政治。日本人有 tototenka（父天下）、kakatenka（母天下）之名，我当时曾模仿他们，戏称我们这家庭为 tsetsetenka（瞻瞻天下）。因为瞻瞻在这三人之中势力最盛，好比罗马三头政治中的领胄。我呢，名义上是他们的父亲，实际上是他们的臣仆；而我自己却以为是站在他们这政治舞台下面的观剧者。丧失了美丽的童年时代，送尽了蓬勃的青年时代，而初入黯淡的中年时代的我，在这群真率的儿童生活中梦见了自己过去的幸福，觅得了自己已失的童心。我企慕他们的生活天真，艳羡他们的世界广大。觉得孩子们都有大丈夫气，大人比起他们来，个个都虚伪卑怯；又觉得人世间各种伟大的事业，不是那种虚伪卑怯的大人们所能致，都是具有孩子们似的大丈夫气的人所建设的。

我翻到自己的画册，便把当时的情景历历地回忆起来。例如：他们跟了母亲到故乡的亲戚家去看结婚，回到上海的家里时也就结起婚来。他们派瞻瞻做新官人。亲戚家的新官人曾经来向我借一顶铜盆帽（注：当时我乡结婚的男子，必须戴一顶铜盆帽，穿长衫马褂，好像是代替清朝时代的红缨帽子、外套的。我在上海日常戴用的呢帽，常常被故乡的乡亲借去当作结婚的大礼帽用）。瞻瞻这两岁的小新官人也借我的铜盆帽去戴上了。他们派软软做新娘子。亲戚家的新娘子用红帕子把头蒙住，他们也拿母亲的红包袱把软软的头蒙住了。一个戴着铜盆帽好像苍蝇戴豆壳；一

花好月圓人壽
子愷畫

个蒙住红包袱好像猢狲扮把戏，但两人都认真得很，面孔板板的，跨步缓缓的，活像那亲戚家的结婚式中的人物。宝姐姐说“我做媒人”，拉住了这一对小夫妇而教他们参天拜地，拜好了又送他们到用凳子搭成的洞房里（见《子恺画集》第三七页）。

我家没有一个好凳，不是断了脚的，就是擦了漆的。它们当凳子给我们坐的时候少，当游戏工具给孩子们用的时候多。在孩子们，这种工具的用处真真广大：请酒时可以当桌子用，搭棚棚时可以当墙壁用，做客人时可以当船用，开火车时可以当车站用。他们的身体比凳子高得有限，看他们搬来搬去非常吃力。有时汗流满面，有时被压在凳子底下。但他们好像为生活而拼命奋斗的劳动者，决不辞劳。汗流满面时可用一双泥污的小手来揩摸，被压在凳子底下时只要哭脱几声，就带着眼泪去工作。他们真可说是“快活的劳动者（《子恺画集》三四页）”。哭的一事，在孩子们有特殊的效用。大人们惯说“哭有什么用？”原是为了他们的世界狭窄的原故。在孩子们的广大世界里，哭真有意想不到的效力。譬如跌痛了，只要尽情一哭，比服凡拉蒙灵得多，能把痛完全忘却，依旧遨游于游戏的世界中。又如泥人跌破了，也只要放声一哭，就可把泥人完全忘却，而热衷于别的玩具（《子恺画集》一六页）。又如花生米吃得不够，也只要号哭一下，便好像已经吃饱，可以起劲地去干别的工作了（《子恺漫画》六六页）。总之，他们干无论什么事都认真而专心，把身心全部的力量拿出来干。哭的时候用全力去哭，笑的时候用全力去笑，一切游戏都用全力去干。干一件事的时候，把除这以外的一切别的事统统忘却。一旦拿了笔写字，便把注意力全部集中在纸上（《子恺漫画》六八页）。纸放在桌上的水痕里也不管，衣袖带翻了墨水瓶也不管，衣裳角拖在火钵里燃烧了也不管。一旦知道同伴们有了有趣的游戏，冬晨睡在床里的会立刻从被窝钻出，穿了寝衣来参加；正在换衣服的会赤了膊来参加（《子恺漫画》九〇页）；正在洗浴的也会立刻离开浴盆，用湿淋淋的赤身去参加。被参加的团体中的人们对于这浪漫的参加者也恬不为怪，因为他们大家把全精神沉浸在游戏的兴味中，大家入了"忘我"的三昧境，更无余暇顾到实际生活上的事及世间的习惯了。

成人的世界，因为受实际的生活和世间的习惯的限制，所以非常狭小苦闷。孩子们的世界不受这种限制，因此非常广大自由。年纪愈小，其所见的世界愈大。我家的三头政治团中瞻瞻势力最大，便是为了他年纪最小，所处的世界最广大自由的原故。他见了天上的月亮，会认真地要求父母给他捉下来（《儿童漫画》）；见了已死的小鸟，会认真地喊它活转来（《子恺画集》二八页）；两把芭蕉扇可以认真地变成他的脚踏车（《子恺画集》一七页）；一只藤椅子可以认真地变成他的黄包车（《子恺画集》一八页）；戴了铜盆帽会立刻认真地变成新官人；穿了爸爸的衣服会立刻认真地变成爸爸（《子恺漫画》九五页）。照他的热诚的欲望，屋里所有的东西应该都放在地上，任他玩弄；所有的小贩应该一天到晚集中在我家的门口，由他随时去买来吃弄；房子的屋顶应该统统除去，可以使他在家里随时望见月亮、鹞子和飞机；眠床里应该有泥土，种花草，养着蝴蝶与青蛙，可以让他一醒觉就在野外游戏（《子恺画集》二〇页）。看他那热诚的态度，以为这种要求绝非梦想或奢望，应该是人力所能办到的。他以为人的一切欲望应该都是可能的。所以不能达到目的的时候，便那样愤慨地号哭。拿破仑的字典里没有“难”字，我家当时的瞻瞻的词典里一定没有“不可能”之一词。

我企慕这种孩子们的生活的天真，艳羡这种孩子们的世界的广大。或者有人笑我故意向未练的孩子们的空想界中找求荒唐的乌托邦，以为逃避现实之所；但我也可笑他们的屈服于现实，忘却人类的本性。我想，假如人类没有这种孩子们的空想的欲望，世间一定不会有建筑、交通、医药、机械等种种抵抗自然的建设，恐怕人类到今日还在茹毛饮血呢。所以我当时的心，被儿童所占据了。我时时在儿童生活中获得感兴。玩味这种感兴，描写这种感兴，成了当时我的生活的习惯。

欢喜读与人生根本问题有关的书，欢喜谈与人生根本问题有关的话，可说是我的一种习性。我从小不欢喜科学而欢喜文艺。为的是我所见的科学书，所谈的大都是科学的枝末问题，离人生根本很远；而我所见的文艺书，即使最普通的《唐诗三百首》《白香词谱》等，也处处含有接触人生根本而耐人回味的字句。例如我读了“想得故园今夜月，几人相忆在江楼”，便会设身处地地做了思念故园的人，或江楼相忆者之一人，而无端地兴起离愁。又如读了“流光容易把人抛，红了樱桃，绿了芭蕉”，便会想起过去的许多的春花秋月，而无端地兴起惆怅。我看见世间的大人都为生活的琐屑事件所迷着，都忘记人生的根本；只有孩子们保住天真，独具慧眼，其言行多足供我欣赏者。八指头陀诗云：“吾爱童子身，莲花不染尘。骂之唯解笑，打亦不生嗔。对境心常定，逢人语自新。可慨年既长，物欲蔽天真。”我当时曾把这首诗用小刀刻在香烟嘴的边上。

这只香烟嘴一直跟随我，直到四五年前，有一天不见了。以后我不再刻这诗在什么地方。四五年来，我的家里同国里一样的多难：母亲病了很久，后来死了；自己也病了很久，后来没有死。这四五年间，我心中不觉得有什么东西占据着，在我的精神生活上好比一册书里的几页空白。现在，空白页已经翻厌，似乎想翻出些下文来才好。我仔细向自己的心头探索，觉得只有许多乱杂的东西忽隐忽现，却并没有一物强固地占据着。我想把这几页空白当作被开的几个大“天窗”，使下文仍旧继续前文，然而很难能。因为昔日的我家的儿童，已在这数年间不知不觉地变成了少年少女，行将变为大人。他们已不能像昔日的占据我的心了。我原非一定要拿自己的子女来作为儿童生活赞美的对象，但是他们由天真烂漫的儿童渐渐变成拘谨驯服的少年少女，在我眼前实证地显示了人生黄金时代的幻灭，我也无心再来赞美那昙花似的儿童世界了。

古人诗云:“去日儿童皆长大，昔年亲友半凋零。”这两句确切地写出了中年人的心境的虚空与寂寥。前天我翻阅自己的画册时，陈宝（就是阿宝，就是做媒人的宝姐姐）、宁馨（就是做新娘子的软软）、华瞻（就是做新官人的瞻瞻）都从学校放寒假回家，站在我身边同看。看到“瞻瞻新官人，软软新娘子，宝姐姐做媒人”的一幅，大家不自然起来。宁馨和华瞻脸上现出忸怩的笑，宝姐姐也表示决不肯再做媒人了。他们好比已经换了另一班人，不复是昔日的阿宝、软软和瞻瞻了。昔日我在上海的小家庭中所观察欣赏而描写的那群天真烂漫的孩子，现在早已不在人间了！他们现在都已疏远家庭，做了学校的学生。他们的生活都受着校规的约束，社会制度的限制，和世智的拘束；他们的世界不复像昔日那样广大自由；他们早已不做房子没有屋顶和眠床里种花草的梦了。他们已不复是“快活的劳动者”，正在为分数而劳动，为名誉而劳动，为知识而劳动，为生活而劳动了。

我的心早已失了占据者。我带了这虚空而寂寥的心，彷徨在十字街头，观看他们所转入的社会，我想象这里面的人，个个是从那天真烂漫、广大自由的儿童世界里转出来的。但这里没有“花生米不满足”的人，却有许多面包不满足的人。这里没有“快活的劳动者”，只见锁着眉头的引车者，无食无衣的耕织者，挑着重担的颁白者，挂着白须的行乞者。这里面没有像孩子世界里所闻的号啕的哭声，只有细弱的呻吟，吞声的呜咽，幽默的冷笑和愤慨的沉默。这里面没有像孩子世界中所见的不屈不挠的大丈夫气，却充满了顺从，屈服，消沉，悲哀，和诈伪，险恶，卑怯的状态。我看到这种状态，又同昔日带了一叠书和一包食物回家，而在弄堂门口看见我妻提携了瞻瞻和阿宝等候着那时一样，自己立刻化身为二人。其一人做了这社会里的一分子，体验着现实生活的辛味；另一人远远地站出来，从旁观察这些状态，看到了可惊可喜可悲可哂的种种世间相。然而这情形和昔日不同：昔日的儿童生活相能“占据”我的心，能使我归顺它们；现在的世间相却只是常来“袭击”我这空虚寂寥的心，而不能占据，不能使我归顺。因此我的生活的册子中，至今还是继续着空白的页，不知道下文是什么。也许空白到底，亦未可知啊。

为了代替谈自己的画，我已把自己十年来的生活和心情的一面在这里谈过了。但这文章的题目不妨写作“谈自己的画”。因为：一则我的画与我的生活相关联，要谈画必须谈生活，谈生活就是谈画。二则我的画既不摹拟什么八大山人、七大山人的笔法，也不根据什么立体派、平面派的理论，只是像记账般地用写字的笔来记录平日的感兴而已。因此关于画的本身，没有什么话可谈；要谈也只能谈谈作画时的因缘罢了。

廿四（1935）年二月四日

曲高和众

俄罗斯大文豪托尔斯泰曾经说："凡最伟大的音乐、最有价值的杰作，一定广泛地被民众所理解，普遍地受民众的赞赏。"

托尔斯泰这句话，和我国的一句古话"曲高和寡"正好相反。这是什么缘故呢？让我先把我国那句古话的出典说明一下：

楚襄王问宋玉："你大概有不良行为吧。为什么人们都说你坏话呢？"宋玉回答："请大王原谅，让我说明这道理：有一个人在郢中唱歌，起初唱的是《下里巴人》，地方上和着他唱的有几千个人。后来唱《阳阿薤露》，地方上和着他唱的有几百个人。再后来唱《阳春白雪》，地方上和着他唱的不过几十个人。最后他'引商刻羽，杂以流徵'（就是用非常艰深的技

仰之彌高
雪竇山千丈巖
癸卯春子愷畫

术），地方上和着他唱的不过几个人而已。由此可知，其曲弥高，其和弥寡（即乐曲越是高深，和唱的人越是稀少。）……”我国“曲高和寡”这句话，便是从这古典故事中出来的。

我们仔细研究宋玉的话，便可知道他所谓的“高”，是“艰深”的意思，不一定是“良好”的意思。

中国古代音乐所谓“宫、商、角、徽、羽”，大约相当于我们现在的“音阶”，即“上、下、尺、工、凡、六、五、乙”或“do、re、mi、fa、so、la、si”。故他所谓“引商刻羽，杂以流徽”，便是应用艰深的技巧和复杂的变化。那人所唱的是一个“艰深”的乐曲，但不一定是“良好”的乐曲。听说宋玉是一个很风流的美男子，说不定他的确有不良行为，所以人们都说他坏话。他又是很会做文章的人，所以楚襄王责问他的时候，他就卖弄这巧妙的诡辩，拿来文饰他自己的不良行为。巧就巧在一个“高”字。因为“高”可以说是“难”的意思，但又可以说是“好”的意思。他就用“曲高和寡”这一句话来马虎过去，蒙混过关了。

艰深的乐曲不一定良好，良好的乐曲不一定艰深。我认为曲的“高下”，不在乎“难易”，而在乎和者的“众寡”。因此我赞成托尔斯泰的话：“凡最伟大的音乐、最有价值的杰作，一定广泛地被民众所理解，普遍地受民众的赞赏。”因此我反对宋玉的话，主张“曲高和众”。

托尔斯泰曾经根据这信念，替音乐下一个定义：“音乐是结合人与人的手段。”我也赞成这定义。这就是说：音乐是使人民团结的手段。

一九五八年一月十日

先器识而后文艺
——李叔同先生的文艺观

李叔同先生，即后来在杭州虎跑寺出家为僧的弘一法师，是中国近代文艺的先驱者。早在五十年前，他首先留学日本，把现代的话剧、油画和钢琴音乐介绍到中国来。中国的有话剧、油画和钢琴音乐，是从李先生开始的。他富有文艺才能，除上述三种艺术外，又精书法，工金石（现在西湖西泠印社石壁里有“叔同印藏”），长于文章诗词。文艺的园地，差不多被他走遍了。一般人因为他后来做和尚，不大注意他的文艺。今年是李先生逝世十五周年纪念，又是中国话剧五十周年纪念，我追慕他的文艺观，略谈如下：

李先生出家之后，别的文艺都屏除，只有对书法和金石不能忘情。他常常用精妙的笔法来写经文佛号，盖上精妙的图章。有少数图章是自己刻的，有许多图章是他所赞善的金石家许霏（晦庐）刻的。他在致晦庐的信中说：

> 晦庐居士文席：惠书诵悉。诸荷护念，感谢无已。朽人剃染已来二十余年，于文艺不复措意。世典亦云："士先器识而后文艺"，况乎出家离俗之侣！朽人昔尝诫人云："应使文艺以人传，不可人以文艺传"，即此义也。承刊三印，古穆可喜，至用感谢……（见林子青编《弘一大师年谱》第二〇五页。）

这正是李先生文艺观的自述。"先器识而后文艺"，"应使文艺以人传，不可人以文艺传"，正是李先生的文艺观。

四十年前我是李先生在杭州师范任教时的学生，曾经在五年间受他的文艺教育，现在我要回忆往昔。李先生虽然是一个演话剧、画油画、弹钢琴、作文、吟诗、填词、写字、刻图章的人，但在杭州师范的宿舍（即今贡院杭州一中）里的案头，常常放着一册《人谱》（明刘宗周著，书中列举古来许多贤人的嘉言懿行，凡数百条），这书的封面上，李先生亲手写着"身体力行"四个字，每个字旁加一个红圈，我每次到他房间里去，总看见案头的一角放着这册书。当时我年幼无知，心里觉得奇怪，李先生专精西洋艺术，为什么看这些陈猫古老鼠[①]。而且把它放在座右，后来李

① 陈猫古老鼠，作者家乡话，意即陈旧的东西。

先生当了我们的级任教师，有一次叫我们几个人到他房间里去谈话，他翻开这册《人谱》来指出一节给我们看。

唐初，王（勃），杨，卢，骆皆以文章有盛名，人皆期许其贵显，裴行俭见之，曰：士之致远者，当先器识而后文艺。勃等虽有文章，而浮躁浅露，岂享爵禄之器耶……（见《人谱》卷五，这一节是节录《唐书·裴行俭传》的。）

他红着脸，吃着口（李先生是不善讲话的），把“先器识而后文艺”的意义讲解给我们听，并且说明这里的“贵显”和“享爵禄”不可呆板地解释为做官，应该解释道德高尚，人格伟大的意思。“先器识而后文艺”，译为现代话，大约是“首重人格修养，次重文艺学习”，更具体地说：“要做一个好文艺家，必先做一个好人。”可见李先生平日致力于演剧、绘画、音乐、文学等文艺修养，同时更致力于“器识”修养。他认为一个文艺家倘没有“器识”，无论技术何等精通熟练，亦不足道，所以他常诫人“应使文艺以人传，不可人以文艺传”。

我那时正热衷于油画和钢琴的技术，这一天听了他这番话，心里好比新开了一个明窗，真是胜读十年书。从此我对李先生更加崇敬了。后来李先生在出家前夕把这册《人谱》连同别的书送给我。我一直把它保藏在缘缘堂中，直到抗战时被炮火所毁。我避难入川，偶在成都旧摊上看到一部《人谱》，我就买了，直到现在还保存在我的书架上，不过上面没有加红圈的“身体力行”四个字了。

李先生因为有这样的文艺观，所以他富有爱国心，一向关心祖国。孙

日暮客愁新
子愷

中山先生辛亥革命成功的时候，李先生（那时已在杭州师范任教）填一曲慷慨激昂的《满江红》，以志庆喜：

皎皎昆仑，山顶月有人长啸。看叶底宝刀如雪，恩仇多少！双手裂开鼷鼠胆，寸金铸出民权脑。算此生不负是男儿，头颅好。　荆轲墓，咸阳道。聂政死，尸骸暴。尽大江东去，余情还绕。魂魄化成精卫鸟，血花溅作红心草。看从今一担好河山，英雄造。（见《弘一大师年谱》第三十九页。）

李先生这样热烈地庆喜河山的光复，后来怎么舍得抛弃这“一担好河山”而遁入空门呢？我想，这也仿佛是屈原为了楚王无道而忧国自沉吧！假定李先生在“灵山胜会”上和屈原相见，我想一定拈花相视而笑。

一九五七年清明过后于上海作

注意力集中
子愷